坝草原的少年

程应峰◎著

北方联合出版传媒(集团)股份有限公司

万卷出版有限责任公司

图书在版编目（CIP）数据

阿坝草原的少年 / 程应峰著. — 沈阳：万卷出版
有限责任公司，2024.11. — ISBN 978-7-5470-6606-5

Ⅰ．I267

中国国家版本馆CIP数据核字第2024U0A536号

出 品 人：王维良
出版发行：北方联合出版传媒（集团）股份有限公司
　　　　　万卷出版有限责任公司
　　　　　（地址：沈阳市和平区十一纬路29号　邮编：110003）
印 刷 者：辽宁新华印务有限公司
经 销 者：全国新华书店
幅面尺寸：145mm×210mm
字　　数：180千字
印　　张：6.5
出版时间：2024年11月第1版
印刷时间：2024年11月第1次印刷
责任编辑：姜佶睿
责任校对：张　莹
装帧设计：仙　境
ISBN 978-7-5470-6606-5
定　　价：38.00元
联系电话：024-23284090
传　　真：024-23284448

目录

第一辑　阿坝草原的少年

第二辑　留得枯荷听雨声

第三辑　偷闲看月亮

第四辑　灵魂里住着天鹅

第五辑　开在心空的花瓣

第一辑
阿坝草原的少年

透过车窗，他越来越模糊、越来越小的身影让我觉得，高原之上，他就像一个纯净的音符，清新透亮，像一朵自在的格桑花，朴拙美丽。

静夜品瓷

　　忽地就想到了景德镇，想到了多年前不经意打碎的一个来自景德镇的薄胎青花瓷瓶，想到了曾经读过的一首诗，想到了诗中所写的"一根白发，掉落在洁白的瓷盘上，牵动心中万千愁绪"的情景，这情景，竟然一直存留在我的记忆之中。

　　都是因为瓷器。瓷器这东西，每一道工序都是一个故事，每一片温润都是一种情怀，每一缕光泽都闪烁着离奇的色彩，它总是古色古香、不着痕迹地，将生活的美好嵌入一个人的生命中。

　　我有两次抵达景德镇的经历，一次是在梦里，一次是在梦外，这两次都披着夜色，悄悄的，静静的，没有喧闹和喧哗，但我却分明听见质地优雅的瓷器的声音传来。这声音，如天籁一般，同时也沾染着浓重的人文气息，漫溢寰宇，贯穿古今，优美无比，直入心扉。

　　就像大都市总是陷落在繁华里一样，无论是白天还是黑夜，景德镇总是陷在瓷器里。这里的花盆是瓷的，灯杆是瓷的，景观是瓷的，图案装饰也是瓷片镶嵌而成的。比比皆是的商铺，摆放着五花八门的瓷器，旅馆、饭店、广场、游乐园，哪里都泛现着瓷器的光泽。那些看起来无处不在的，大大小小、形形色色的瓷器，总是旗帜鲜明地撞入眼帘，令人心怡而感叹。就像有人说的，景德镇的瓷，比汉语里的词还要多得多。

灯影笼罩下的瓷都，是值得慢慢品味的。无须外在的叩击，这满街满巷遍布的瓷，就可以层层叠叠地在心中回响起来，回响起千年的美丽和沧桑。如此美妙的去处，如此美妙的音韵，是值得在静夜、在灯影月色里、在行云流水处细细品味的。

走过一家乐器店，我看见了各种瓷乐器：瓷排箫、瓷琴、瓷二胡、瓷唢呐等，令人目不暇接。我不知道它们究竟能发出怎样不同凡响的音韵，但在我的想象中，它们一定有着或厚重，或悠远，或美丽多姿，或情意绵绵的音韵，这音韵，从时间纵深处穿越而来，有着不可抵御的诱惑力。

回转，静坐于宾馆大堂，入目的博物架上，荷花碗、旋纹樽、荷叶口瓶……在声光电的策动下，呈现出古朴、娴雅、沉静、大气之神韵，那优美的形态、别致的釉色、含蓄的花纹，生动而传神，教人观之再三，不舍移步离去。是啊，最美、最精致的瓷器，就算在幽幽暗暗里、明明灭灭中，也能令人感受到其晶莹剔透的质地和滑润如玉的釉面。这聚集着东方女性纯洁、温柔、细腻、内敛品性的瓷器啊，究竟蕴含着多少不为人知的美丽？透过眼前的瓷器，所能体验的，除了窑变的神奇，还有空明无尘的人间趣味。

　　无论是读瓷还是听瓷，都需要慢慢地品。用心品了，就能品出它的源远，品出人类卓越的智慧，品出属于它的春花秋月，品出它所承载的历史内涵。用心品瓷，可以让人沉入或清新，或愉悦，或凝重的人生境界里，继而在思想的枝丫上，长出簇新的可以自由飞翔的芽叶。

一溪流云

　　常常无缘由地想起自己的小时候，一个人静静地待在沙石或葱绿的草地上，待在故乡的小溪旁。有时躺着，看天上的流云；有时坐起，看溪涧的流云；有时伸手摘下一枚柳叶，放在唇边随心吹奏。在当时的感觉里，那不成调的曲子，也有着流云般的悠扬。如果随手拈来一根小木棍，在松软的沙土上画下的，必是流云变幻莫测的形状。

　　最是忙中有闲的夏日，牛在小溪对岸埋头吃草，抑或抬起头来自在地哞哞叫两声。我呢，独自坐在一片树荫下，拿着一本得之不易的小说或连环画，如牛吃草般忘情地啃读，文字的芬芳，了无拘束地飘荡起来，在童年的天空，那流云般变化的情趣姿态，丰实着童年贫弱的想象。眼睛乏了，身心累了，便将书本小心地收拾起来，一头扎进清澈的溪水里，抱着流云，和长着红翅的成群的小鱼在清凉的感觉里尽情地嬉戏。这样的时候，人在水中，人也在云里，思绪的花絮变得柔软而灿烂。

童年的小溪是通畅而透彻的，带着欢乐和祥和；小溪边的童年是自由而抒情的，比得上水底的流云。那条小溪，我唤它云溪，它总是那么轻盈地，在我的童年世界里缠绵缭绕。人生如云絮，总有飘走的时候。终于有一天，我离开了这条小溪和它的流云，飘在了异地他乡，在日子的缝隙里，无论是醒着还是睡着，我生命的峡谷里都会时时漾起那一溪流云的脉动。

在一座城市的夜晚，我坐在属于自己的简陋的书斋里，静静地想起它，想着那一溪流云的走向，想着它梦一样圣洁的颜色，想着是不是还有孩子如我一般抱着水中的流云嬉戏。我静静地想着它，就像静静地想着一个人，我不知道，那一溪流云是否能感受到我痴迷的冥想。此时此刻，我就像一个牧羊的孩子，用想象的鞭子，放牧着那一溪流云，放牧着我童年的梦幻。我不知道，那一溪流云可否有些心动，可否知道有一个曾经的孩子，如今已是风尘满面的旅人，在一个它不曾到达的地方静静地遐想，静静地向记忆中溪流的方向默默地张望。

就这么静静地想着，一次又一次，用心的软毫静静地描画着那一溪流云，真切地感受着那一溪流云的气息。因为有了了无拘束的想象，这个平淡的夜晚开始变得轻柔、流畅、真实、美丽。很多时候，就这样静静地想着一件事或一个人，其实就是一种彻骨的幸福，一种无与伦比的甜蜜，一种美丽酣畅的人生况味。

一条小溪，就能将所有云的变化装在它的怀抱里，水动云不动，云动水不动，它们相互参照着，抵达一种禅意之境。时空如溪，人生如云。来了，去了；去了，又来了。在时光这道溪涧之中，人生的种种，就像白云、红云、黑云、黄云一样，终会有被映照得一清二楚的时候。

阿坝草原的少年

　　汽车在海拔三千米以上的高原上行进。夏季的阿坝草原，并非想象中一望无垠，只是显得较为开阔而已，青翠碧绿是它的主色调，局部的平展之外，有着起伏跌宕的美丽。在车上，透过车窗偶尔会看到一簇簇红白相间的小花，我想，这应该就是传说中的格桑花吧，无疑，它为夏季高原增添了情趣和美丽。不时，还可以看到三五成群的牦牛和羊，它们的存在，让草原显得灵动而有生机。

　　怎么都想不到的是，行进中的汽车出现故障，抛锚了。司机只得下去修车，考察团一行也离开了车。夏季高原的阳光烈烈，从空阔的天穹无遮拦地泻下来，热辣辣地照在每一个人的身上。谁都知道，强烈的紫外线极易灼伤人的皮肤，于是，大家很快支起了为应急而携带的帐篷，钻了进去。

　　不一会儿，一个少年赶着一群牦牛来到了附近的草场，少年脖子上挂着一个并不精致的牛角号，手中熟练地舞动着放牧用的鞭子。他安置好他的牛群，来到了我们的帐篷外。近距离才发现，他衣衫又旧又黑，他的肤色较之衣衫有过之而无不及，黧黑发亮，一看，就知道是高原阳光照射的结果。细看他的脸，那双黑白分明的眼睛里，透现着无法遮掩的少年英俊，却也刻写着生活压力下的沧桑。

他好奇地围着帐篷转了一圈，然后在门口定定地站下。感觉有人注视他了，一笑，一排洁白的牙齿，闪射出快乐的光芒。从他那双黑亮的眼睛里流淌出来的，除了好奇，还有渴望和羡慕。

心细而善良的英姐，看着少年，看着他黝黑的脸，看着他那一身破旧的穿着，眼睛就有些湿润了，从包里拿出来一块巧克力，塞在了少年的手中。那一刻，少年的嘴唇动了动，想说点儿什么，最终还是没有说出来。只见他揣着巧克力，转身飞奔而去。

同行人说话了："英姐，这么一给，那孩子可能叫他的同伴去了，他的同伴要是都来找我们要零食的话，也不够分啊。"听他这么一说，英姐看了看大家，又看了看远方，将信将疑。那一刻，我感到周围的空气突然之间，就变得有几分滞涩和凝重。

终于，少年的身影出现了，由远而近，越来越清晰。看得出，他是抱着什么飞奔而来的。近了，原来他手中抱着的是一束鲜花，红白相间的，在阳光照射下，耀眼夺目。看着少年胸前颤动的鲜花，在一阵惊愕和沉默之后，考察团全体人员都会心地笑了。应该说，这种笑，是夹杂着愧疚和感动的。

少年奔跑着，来到帐篷前，来到了英姐跟前，他毫不犹豫地单膝跪下，将鲜花高高举过头顶，送到了英姐手中。英姐接过鲜花，将少年扶起来，那一刻，我又一次看见少年闪亮地笑了，那是一种发自内心深处的真诚的笑、感激的笑、致意的笑。

汽车开动的时候，少年挥着他的牧鞭，蹦蹦跳跳地离开了。透过车窗，他越来越模糊、越来越小的身影让我觉得，高原之上，他就像一个纯净的音符，清新透亮，像一朵自在的格桑花，朴拙美丽。

一张稿费单的温度

积下一摞小额稿费单，我总是在一个月月尾或月初，到邮政银行取一次稿费。

然而，这次取稿费，邮政银行的办事人员从这摞稿费单中剔出了一张单子，说是标识码打错了，没法兑付。他耐心而好心地试了几次，都不行，只好在说声抱歉后，隔窗将单子给我递了回来，说我得到能打单子的邮政局修改一下。

往日，稿费单也出过错，大多是名字里错了一个字。比如"峰"打成了"锋"，"应"打成了"庄"，"程"打成了"陈"，也有的稿费单写的是我的笔名"樱枫"……好在，这些错误或不便，大多由单位出个证明或借助中国作家协会会员证上的登记信息就可解决。但还是有少量的单子，需要在上班时间与邮政局个人金融部的工作人员预约后重新打单子。一来二去，个人金融部的人包括任小红在内都熟悉了我，一见我，就知道我是改单子来了。

到个人金融部打单子要预约，要花时间，如果金额小到不足以买一斤猪肉或十几个鸡蛋，我也就决定不浪费路上跑的时间和等待的时间，不麻烦任小红，不兑付了。我把稿费单留下来收藏在抽屉里，作为一种可资回忆的纪念。

这次不一样，错的是标识码，而且金额过了百，达到了一百零八元，我自然不打算收藏了，还是想兑付了买点儿排骨煨藕汤实在。只是，单位无法证明，会员证也派不上用场，只能顺藤摸瓜，找源头、出处了。

于是，在下午上班前我提前十分钟到了邮政局，在厅堂等待他们上班，好不容易挨到上班，总不见个人金融部的任小红，一问门卫，说她已经退休了。我说不会吧？她还很年轻啊。我跑到个人金融部办公室，除了俩修空调的，没有一个工作人员。楼上刚好有人下来，管理人员模样。再问，说个人金融部的人都开会去了。他问我干什么，我说找任小红改汇款单。他说个人金融部现在不办理这项业务了，由邮政营业部具体承办，再说，任小红也退休了。他这一说，我知道这次真的是白跑了一趟。

我到楼下邮政银行问了能出单子的营业部有几个地方，办事人员热心地介绍说，城区共有两处，就近的，在地质大队对面。

十几分钟的路程，我步行到了这家邮政营业部，找到服务台工作人员，说明了来由。

工作人员接过单子，脱口说道："你就是程应峰呀！太熟悉了，一有稿费单就知道准是你的。这不，今天刚送走了十来张单子。"她又仔细看了看单子，说："你这张单子不是这里出的，是黄陂邮政营业部打出来的。"

她这么一说，我的心沉了一下：看来我得到黄陂邮政营业部去办理了。

她看到我脸上有些异样，启齿一笑说："如果你不赶时间的话，我来帮你联系处理吧，免得你再跑一趟，你在大厅找个位置坐下耐心等一会儿。"

就这句话，让人如沐春风，心生舒畅，我沉下去的心立马复位了。

不一会儿，她从房间里走出来，将汇款单递给我，说："可以兑换了。"她又顺手递过一张名片："以后如果遇到类似的麻烦，可以电话联系我。"接过名片，我记住了一名和善的名叫孙芳的邮政工作人员，真诚地对她说了几声谢谢。

很快，汇款单在柜台兑换成了现金。

从邮局出来，冬日的阳光暖暖地照着，我暗自感慨：一张打错了标识码的稿费单，虽然给我平添了一些麻烦，但也让我见识了一个敬业的乐于助人的群体。是的，大千世界万事万情存在错漏在所难免，但只要积极作为，就会把造成的不快降到最低限度。我相信，我们所处的世界终归是敞亮、温暖的，美好的人性之光在我们凡俗的生活中如冬阳流淌，无处不在。

阳光的声音

这是春天的正午，我拖着有些疲惫的身心，和衣坐在床上，眯着双眼，将洒进窗口的阳光关在了眼帘之外，却无法将阳光关在听觉之外。我的思想是打开的，我的听觉是打开的，这样的时候，我的听觉神经益发敏锐而柔软。我听见亲情般的阳光洒在阳台上，它的声音融合在母亲和妻子近距离的、燕子呢喃般的交谈中，暖暖地在她们之间循环回转。

儿子坐在阳台的另一端，放磁带，听英语。他是个十足的阳光男孩儿，少有忧愁，也许他还真的不太明白忧愁是一样什么东西，他就像春日的阳光一样透彻明亮。在他那里，阳光的声音像磁带里放出来的英语单词一样，纯粹、明了，有着抑扬顿挫般的响亮。我想，他心里是装满阳光的，虽然，他对阳光的概念并不是那么清晰。

想起了自己的小时候，有一天，劳作的间隙，和母亲坐在地头。隐隐约约间，我听到有一种噼噼啪啪炸响的声音，教科书曾告诉我，庄稼拔节会发出轻微的声音，但我不敢肯定这就是庄稼的拔节声。便问母亲："那是什么声音啊？"母亲这个时候正因什么而出神，听到我的问话后，毫无疑义地说："孩子，你听不出来吗？那是阳光的声音啊！"那一刻，我望着母亲，很迷惑，弄不清母亲为什么会说它是阳光的声音。

有这么一句话："有很多声音，是动听的，我们没有听见，是因为我们的耳朵睡了。"那时，我没有听见阳光的声音，不是我的耳朵睡了，而是我的耳朵根本就没有醒过来。母亲呢，那个时候，她的耳朵醒着，她之所以那样出神，原来她在倾听阳光的声音啊！直到现在，我才彻底明白过来。

在窗外高耸的水杉树上，阳光的声音透过细密的层层叠叠的叶片向下渗透，绵延而滋润，持续了不知多少年，这树才长成了今天窗外高耸的风景。我想，它也曾是拔节过的，只是我无缘听见。它也是一分一毫地生长，才长成今天这个样子的，可对我来说这是个永远的谜。我来的时候，它是这个样子；我来了许多年，和它对视了许多年，它还是这个样子。我只感到阳光在我身边的时候，总是疾驰而去；相对而言，在有些苍劲的水杉树那儿，阳光的步履就滞涩从容了许多。

我皮肤上的斑点，额上的皱纹，头上不断增加的白发，偶尔会让我感到阳光的声音带着风的呼啸和霜的尖锐，但我自始至终对阳光是感恩的，因为有了阳光，有了阳光无处不在、绵延不绝的声音，这个世界才变得多姿而且灿烂。

传说有一种鸟，衔来一缕阳光，世界才有了声音，我相信。如果你听得见阳光的声音，一定是你心灵的鸟醒着，阳光的声音才会片刻不停地在你生命的河流里明媚荡漾；如果你听不见阳光的声音，一定是你的耳朵睡了，阳光的声音无法抵达你的心灵。如果是这样，你当下要做的最重要的事情，就是叫醒自己的耳朵。否则，你有什么理由对这个世界心怀抱怨呢？

　　我想：为物欲所累，为名利堵塞，是听不见阳光的声音的；能听见阳光的声音的人，他的心地一定还有一方圣洁的去处，不曾被世俗的尘埃侵扰，不曾被名利的声浪掩埋。

童心是朵开放的花

　　冬日里一个难得的周休日，无风晴和、阳光温煦，我同妻子一道出门闲逛。妻说："我们去十六潭看梅花吧！"我问："十六潭有梅花吗？"妻说："你不记得了啊？那儿可有个梅园呢！"我一下醒过神来："对了，想起来了，梅园有几块醒目的巨石，上面好像还刻着姿态各异的梅花图案呢！"一刹那，我眼前浮现出梅树成林、姹紫嫣红、清香四溢的场景来。

　　很快，到了十六潭，那儿的热闹是可以想象的，络绎不绝的人流也是可以感知的。是啊，谁不愿置身冬日温煦的阳光下？谁不愿享有人生的美丽和悠闲？谁不愿在冬天看见春天？十六潭，对众多市民来说，无疑是忙里偷闲的好去处，除了可供游乐的诸多设施，还有因时而异的各色花卉呢！

　　径直往梅园走去，穿过梅花石筑就的梅园门扉，就站在园中了。然而，我并没有看到一树一树开放的梅花，也没有闻到一缕一缕的清香。但我分明看到，冬日阳光下，那一树树冷峻的花枝，挤出粟米般大小的花苞，在心空勾出一丝丝即待释放的美丽来。陆游说："何方可化身千亿，一树梅花一放翁。"你想想，每一株梅花树下，都有诗人在那里分身欣赏，该是一种怎样钟爱的情怀？此时此刻，站在梅园，面对一树树花苞，诗人钟爱梅花的心境，我是明明白白地能感知一二的。

梅花品格高洁，不与百花争时光，不和群芳斗艳丽，越是风欺雪压，越是狂风呼啸，越开得精神美丽。梅花传达的坚韧不拔、自强不息、清丽超然，令人望之肃然起敬，心扉足以得到涤荡。怪不得与梅相对时，童心未泯的陆放翁，就算七十八岁高龄，也足以滋生出分身观赏的意愿。

回来的路上，我对妻子说："看来，要看到开放的梅花，还得过一些时日呢！"妻子一刹那想起了什么似的，兴奋地拉起我的手往居住小区一处园林走去。顺着她手指的方向，远远地，我分明看到了一树红梅，在阳光下自在地、热闹地开放着。我不由自主就欢呼了一声。妻笑了笑："别急，走近看看。"待到走近，细一看，天啊，哪里是一树梅花，分明是插挂在枝丫上的鲜红的茶花花瓣啊，远远看去，还真像一树开放的红梅呢。

妻说，这一树花瓣是小沈的女儿和几个玩伴于昨天下午一瓣瓣插挂上去的，他们心中有花，这么一树鲜活的"梅花"便了无拘束地穿越他们的心空，独自凌寒而开了。

我想，这就是童心的妙处。童心在，世界的美好就在；童心在，不只是梅花开得出来，什么花都可以在心空尽情盛开。

细碎而美好的遇见

    闲散的冬日傍晚，出门散步。路过一段围墙，倏地就闻到一阵花香，那是熟悉的桂花的甜香。这个时节，还有桂花在开？我心头打了个结。

    抬头望去，果然，围墙内招展的桂枝，在路灯的映照下，稠密的绿叶间明明白白缀满了小小的金黄的花粒。这是冬天啊，桂花也兀自地开着，我心中刹那敞亮起来，冒出了许多无言的欣喜。蓦然，我想起了"冬桂"一词。几乎在同时，我想到了咏菊的名句："瑟瑟秋风满园栽，蕊寒香冷蝶难来。"也想到了咏梅的诗句："墙角数枝梅，凌寒独自开。"是的，秋菊是高洁的，蜡梅是高洁的，它们傲骨孤芳，不拘一格，教人赞叹。而冬日身处苦寒之中，亦在枝头散发暗香的桂花，它的品位，又怎会输给菊花和梅花？

    此时此刻，我的感觉中，这颗颗粒粒缀满枝头的桂花，丰实的，是我板结的思维和贫瘠的想象。

　　走过围墙，拐向一条浓荫掩蔽的河滨小径，映入眼帘的，是铺在小径上的一些颗粒状的小石头，有深色的，有浅色的，它们挤挤挨挨、密密匝匝地铺在路上，铺出各种图案、花样，有俏皮活泼的，有童心十足的，有烂漫又富有诗意的，设计者盘弄小石子的细密心思，成就了一段路面的美丽。如果在夏天，走在这样惹人欣悦的路面上，会有人不自觉地脱下鞋子，任这些细碎圆润的石头在脚底摩擦，从中感受一种别样的舒坦。

　　一阵轻风拂过，缠缠绵绵地下起毛毛细雨来，这雨，说是毛毛细雨，是因为它特别细润，落在脸上，即刻就被身上的温热化去了，顷刻渺无踪影。这样的毛毛雨，轻柔地飘在空中，如烟似雾，就算飘在脸上、身上，也是不会影响一个散步人的兴致的，相反，还增添了一分无言的情趣。

　　生命的过程就是一个遇见的过程，一如遇见精灵般细碎芳香的桂花、圆润的小石粒、飘忽的毛毛雨……所有这些，都是一些常见的、细碎而美好的存在。在闲散的生活时光，能时常遇见这些细碎美好的存在，谁能说不是一种幸福？人的一生，正是有缘走过许许多多细碎而美丽的存在，才会有美不胜收的人生画卷永不懈怠地铺向我们凡俗的生活。

悬于生活的藤条

　　每天早上在河滨路行走，目光总会不由自主地扫向河面，河面给人爽洁清新、幽然宁静的感觉。

　　如果是微波不兴的阴天，河水看起来蓝中透绿，像一面绝妙的镜子；如果起了一丝丝微风，河面会出现一些有规则的波纹，波影横斜，妙趣自成，颇有工笔国画的意味；如果有阳光照过来，那浮光跃金的水面以及水中太阳通红的倒影，已足以令人沉醉；如果太阳爬上了高层建筑的顶端，天空有一些絮状的云团，亮得发白的太阳躲在云絮后，这样的时候，目光落在水中，一刹那便有了万物空明的感觉，倏忽间，你就在水中看到了仙境，看到了莫可名状、无法言说的世间美丽。

　　无论哪种情形，静静的河面上，总能看见两只水鸟，它们静静地率性地过着属于它们的生活，平静的水面被它们荡开两束有诗意的燕尾似的水影，同向时的交叠辉映和相向时的各美其美，都给人留下了品咂回味的空间。有时候，它们会在水中扎一个猛子，让你看不见它们的踪迹，一会儿又在另一处浮出水面。有时候我想，我目力所及的水面，应该不止一对如此幸福的水鸟吧。

这般灵动的静谧，这等美丽如新的早晨，足以让人听见脚下落叶被踩碎的声音——那是一种浴过夏秋之火而后从容飘落的有温度的声音。

可以说，淦河的早晨是令人倾心、着迷的。只要在河滨行走，大多时间，我的目光、我的思绪都集结在美丽而迷离的河面上，我忘却了其他美丽的存在。

路过一座十分熟悉的凉亭时，额头被什么东西撞了一下，我这才抬起头来。是一根藤条，一根昨天还应该盘结在凉亭顶上，却不知在哪个时辰被人拽下来了的藤条。它就那样在我毫无设防的时候撞了我一下，不轻不重。这一撞，拉回了我对美丽淦河用心感悟的注意力。

这根有着天然生态表情的藤条，这根坚韧而富有弹性的蔓生植物，就那么悬空挂在那儿，脱离了它盘结依傍的群体。它脱离它的群体后，有什么感觉，我不知道。但这一形态的它，在我看来，是另类、孤独、不合群的，却也是引人注目的。事实上，任何一种形式的旁逸斜出、出类离群、不拘一格，都是引人注目的，这是自然的法则，也是生活和生命的法则。

诸如此类悬于生活的藤条，有时会给生活制造一些小麻烦、小是非、小纠结。但换一个角度去看，藤还是那根藤，它出类离群原本就是他人的不经意所致，它自身的美和好从来没有更改过，消逝过。它悬空挂在那儿，虽然多了几分被攀折损伤的危险，但也获得了一种机缘，那就是拥有了被人们更多地注意、审视、关照、青睐的机缘。

悬于生活的藤条，往往会给生活带来纠结，但也不一定，在你换个角度时，它也能为你增添不可多得的生活情趣。具备了这样的心态，源于生活的惬意，就会如藤条般在生命的土壤里，自由自在、美丽绰约地延续、生长。

有情怀的人自带光芒

我有一位在报社工作的微信好友，他对我在报刊上发表出来的每一篇诗文，都会做出真挚的、积极向上的点评，可谓不懈不怠且乐此不疲。有一天，我在微信上认真地对他说："你的点评散发着人格的光芒，在我认识的人当中，无疑，你算得上一个真正有情怀的人。"

什么是情怀？情怀就是高尚的心境，以人的情感为基础所生发的情绪。对于作家来说，就是一种文学情致。是的，每一个人内心深处都曾盛开过情怀之花，不同的是，多数人随波逐流，情怀之花凋零了。只有内心强大的人，才会呵护着情怀之花与岁月同行。古往今来有作为的人，大抵都是有大梦想有大情怀的人。他所具有的人格光芒不光激励着自己，也感染他人。可以说，一个有情怀的人，一定拥有充实的人生，一个与情怀同行的人，所拥有的，是天长地久的生命美丽。

有情怀的人，他的生活可能是自由随和的，不端、不摆、不拘小节、随性快意，但他一定是个在自己的领域内有充分的话语权、愿关注民意、善倾听民声、有研究热情、有宽广容纳度的人。

做一件事情，太功利，太有目的性，少了乐趣和情怀，往往会事倍功半。如果加入一些情怀的元素，结果往往会比预想的更好。曾有人问一位百年名校的校长："你做了那么多事，取得了那么多成果，精力怎么这么充沛？"他回答说："学会使用零碎时间，是提高工作效率的关键。我整块的时间都用在教育教学的日常工作上，零碎时间才用在写作上。比如两个会议之间，有半个小时或一刻钟的休息，我会写一首诗。出差，飞机上、火车上有几个小时的空隙，我会写一篇散文。坐在汽车上，颠簸，不能动笔，我会闭着眼睛思考、构思。养成习惯之后，晚上睡觉，梦里也会构思，常常如行云流水。出去旅游，我就会边玩边思考和写作。"

这位百年名校的校长，之所以面对繁杂的事务游刃有余，是因为他实实在在是个有情怀的人。

生活很现实，也很"骨感"，但人生，始终需要温度，需要情怀。一个有温度的人，让人从心里生出亲情般的温暖自在；一个有情怀的人，会自然而然散发出别样的光彩。情怀之美，常常让人觉得一个人从外表到内心，有一种被打扫过的干净，有一种圣洁庄重的仪式感。一个有情怀的人，可以将自己在生活中稳妥地安放好，可以拥有平常外表下不一样的人生。

人人拥有梦想。所谓梦想，就是在经历生活的不幸与磨难之后，始终拥有对美好生活的向往。这样一种不忘初心的人生梦想，就是生命的情怀。

　　情怀，不是故作高深的与众不同、超凡脱俗，不是与世无争、消极遁世的心灵鸡汤，而是历经生活的磨砺和岁月的风霜后，始终秉持的生活态度和坚守的人生境界。有情怀的人自带光芒，不管是踏歌而行，还是失意徘徊，都能让平淡无奇的生活增添诗情画意，能在嘈杂的现实中淡定从容，能在纷扰的世事里执着坚守。

抱树之姿

进入冬天，我依然在清晨，在上班的路上，在经过人民广场时，看见老龙一如既往地抱树缓缓而行。老龙是我的同事，爱锻炼，就算是在办公室上班，他也会在伏案久了之后，起身打一段慢动作太极拳，一招一式，有板有眼，煞有介事的样子。

老龙每天早上都在广场抱树而行，所谓抱树，就是摆出抱树的样子且行且走。他一双手抬至胸前，微屈而抱，暗中用劲，就像真的是抱着一棵大树在行走一样。我好奇地问，这种锻炼方式到底有什么功效？他只是微微一笑，理性而沉着，海阔天空的样子。从他满面生机盎然的精神状态看得出，他是沾了长期抱树而行的光的。

老龙抱树，抱出了一个好身体，抱出了一种生机勃勃、云淡风轻的人生气象。

忽然就想到了《世说新语》，其中一个故事忽闪出抱树的姿态。载曰："王祥事后母朱夫人甚谨。家有一李树，结子殊好，母恒使守之。时风雨忽至，祥抱树而泣。"意思是说，王祥对待他的后母朱夫人，非常谦恭谨慎。他家有一棵李树，结的果实很好，后母一直让他看守那棵树。有一次，王祥正看守李树时忽然起了风雨，王祥就抱着树哭泣。

王祥何许人也，他就是《二十四孝》中"卧冰求鲤"的晋朝孝子。有一年冬天，继母朱氏生病想吃鲤鱼，因天寒，河水冰冻，无法捕捉，王祥便赤身卧于冰上，寒冰因王祥的赤诚而融化，从裂缝处跃出两条鲤鱼，王祥喜极，持鱼而归，供奉继母。王祥因此被称为人间少有的孝子。有诗颂曰："继母人间有，王祥天下无。至今河水上，留得卧冰模。"

《世说新语》故事中的"抱树"，是实打实的，场景是在风雨之中。王祥在风雨忽至时为什么抱树？因为他怕树上挂结的李子因风吹雨打而掉落在地。他唯一能做的，就是抱着李子树尽可能地不让李子树摇动，但因风雨太大，他在止不住李子树摇晃的情况下，只能伤心地哭泣。

王祥抱树，因为有一种忠于职守的天性，更因为有一颗诚挚孝顺的赤子之心。

有俗语说："一人不进庙，二人不看井，三人不抱树。"这里的抱树又意味着什么？很简单，这同我们小时候听到的"三个和尚没水喝"的道理一样。这里说的"抱树"，是树横着，搁在肩头，环臂而抱，以防自肩头滑落。若是"三个人抱树"，这树的分量肯定轻不了，如果出现有人偷懒的情况，分量分配不均，超负荷的重量就会压在其中一个人身上，容易导致意外发生，危及生命安全。

在现代生活中，因"抱树"的谐音为报数，所以常常用于网络生活中的一些在线报数活动。这样的"抱树"，自是与原义相去甚远了。

本真的抱树之姿，不管是竖抱、横抱还是合抱，都是一种为人处世的态度，一种可资咀嚼的生活场景，一种值得回味、值得取舍的人生姿态。

轮 廓

因身体不适，我醒来的时候，依然是静夜深深。黑寂中，我侧过身去，看见厚厚的窗帘透进来了一些微光，我近距离看见了平躺的妻子脸部高低有致剪影一样的轮廓。那是微光勾勒出来的线条，虽然隐隐约约，但在近距离的观感中依然分明。

忽略了细节的轮廓，总能给人简洁美丽的感觉。看到妻子脸部侧影的那一刻，我的感觉中，妻子还是年轻的，在侧影里，我看不见老去的岁月，看见的，依然是饱满的人生年华。这正是轮廓的魅力和诱惑，也正是轮廓的奇妙所在。

世间万物都有轮廓。或方或圆，或曲或折，或刚或柔，或保守或夸张，或秀美或奇诡，有的甚至不可想象。太阳的轮廓是浑圆的，正是这种浑圆，予人以热烈，予人以温暖，予人以亮色，予人以活力，予人以生机。而月亮的轮廓，总在演变，圆了缺，缺了圆。正是因了它的圆缺，人们才赋予她清冷、孤独、高远的秉性。花前月下，清辉丽影，迷离朦胧，总是让人浮想联翩。月的圆缺，左右着人心深处的悲喜进退。

远处，我们最常见的，是建筑物的轮廓、树的轮廓、山的轮廓。再往近处一点儿看，我们看见一个个坐着、站着、走着或舞蹈着的人的轮廓。

阳光下，建筑物的轮廓，我们看见的是外在的静态的形与状，我们看不见内在的构架，看不见其中容纳有多少故事，看不见多少人间的烦恼心事，我们难以想象其中孕育的思想、饱含的激情，及其温情脉脉的一面。

我们远远地望见一棵树，有时像一朵绿色的云，有时像一个空旷的鸟巢，有时如一种呐喊着的姿态。

山的轮廓，我们看见的是一些简洁的、动态十足的线条。就在这简洁的线条之中，该有多少自然态势、大千气象在蓬勃舒展，又有多少欢喜哀愁在繁衍生发呀！这远远的，一道闪电一样的轮廓，将属于神奇大自然的一切，都轻描淡写、一笔带过地概括了。

画速写是记录事物轮廓的一种方式。无论画得好与坏，也无论审美素养的高与低，只要喜欢，就可以用纸和笔随时记录，它带给人们更直观、更有人情味的轮廓体验。我们看一幅中国画，看见的就是水墨堆积或线条勾勒出来的事物的轮廓。它们以一定的形状边界或外形线，向我们展现着变幻多姿、丰富多彩的大千世界。有人说中国画写意，写的就是事物的轮廓，中国画也正是这样将复杂的事物一点一滴地变简单的。

就算是有色彩，也只是浮光掠影，只能以类似的颜色描绘事物的轮廓。轮廓，不是活生生流动着的现实，而是对事物的一种感性修饰，它淡化了所有的细节，更淡化了所有的芜杂，显得干净而沉静。轮廓，就算有优劣，也取决于人们对事物的感觉，这种感觉当然因人而异。

诗歌所描绘的，大抵就是发自内心的一种美丽的轮廓。《雨巷》中撑着油纸伞的那个美丽女人，你能说你想象中所能看到的不是她美丽的身影？正是这个轮廓一样的身影，让这首诗有了生机和活力，显得绰约迷人、趣味盎然。

常态生活中，我们看见过许多事、许多物、许多人。但我们看见的，大抵都是这些事、物、人的外在轮廓。我们有限的生命，无法把所有的事情看清楚弄明白，能看清生活的轮廓之一二，已算是此生有缘，此生之幸了。

永远的年味

　　在中国，年味一直是满满当当的。无论是城市还是乡村，一到腊月二十九，年的气息就开始荡漾、扩散、弥漫。当然，也有一些外来人口特别多的城市，一到腊月二十九，街道就有些宁静、冷寂起来，那些拎着行李远行的人，大多踏上了回老家过年的行程。即使如此，留守的人，依然不会让这座城市缺少年的气息。

　　一直以来，北京是最有年味的地方之一，老北京人爱在新春去雍和宫祈福，这是出行最好的理由。逛庙会是北京人过年的保留节目，北京的庙会洋溢着喜气，地坛庙会、石景山游乐园庙会、龙潭庙会等，展示着地道的民俗、琳琅满目的商品、风味迥异的各色小吃、丰富多彩的文化活动等市井元素。北京人过春节，足以让你在传统节日氛围中，感受深厚的中华文化底蕴。

　　上海也是很有年味的地方，城隍庙是品尝上海乡土风味最浓的零食和小吃的极好去处。在这里，弥漫着过年的气息，著名的上海"老饭店"，鳞次栉比的金店，特色商品街，都是可以让你驻足流连的地方。还有一些点缀其间的传统装饰元素，如让人眼花缭乱的春联和彩灯，足以勾动你仔细探究的兴致。

过大年，有的地方惯于贴窗花、贴对联、贴福字，为的是烘托节日的喜庆气氛，寄寓美好的人生愿望。有的地方热衷于包饺子，老人爱在一些饺子里包入清洗干净的硬币，谁吃到就预示着谁会在新年财运滚滚。为了讨个好彩头，没吃到硬币的人，总是吃了一碗又一碗。

无论南北，过年都有发红包的习俗。有的地区的红包是年初一拜年才发的；也有的地区则是年三十晚就发下了，放在枕头下，用来"压岁"。不同的是，北方通常是年长者给年少者发红包，南方有的是结过婚的人给未结婚的人发红包。

过年看《春节联欢晚会》是必不可少的一个环节，一家人围坐在电视机旁，吃着糖果点心，喝着饮料，唠着家常，看着节目，沉浸在温馨的亲情氛围里。新年倒计时后，在乡下，少不了热闹的鞭炮和飞扬的烟花，这个时候，年味便浓得化不开了。初一开门，无论阴晴，满目都有吉祥喜庆点缀着，让人心旷神怡。

在我老家，春节前家家户户都会磨苕粉，打豆腐，灌腊肠，晒腊鱼，熏腊肉，熬米酒……准备春节餐桌上的美肴佳酿。大年初一，湾子里的锣鼓班子会敲锣打鼓出天方，一湾子人齐聚村庄晒场上，互相祝福，互相恭贺。初一到月半，会有杂耍班子走村串户舞龙灯、耍狮子、打花鼓、唱提琴戏等。但时至今日，随着物质文化生活的丰富，这些较传统的东西似乎是渐去渐远了。

　　但无论如何，年味依然沉淀在每个人的心里，依然会以各种方式、各种形态显现出来。因为永远的年味，承载着永远的亲情和乡情，承载着永远的温暖和慰藉，让人浮想，教人回味。

老物件的光芒

　　每个人到了一定年纪，除了心底积淀着一些难以忘怀的往事和挥之不去的情愫外，记忆中还一定藏着一些东西，这些东西会随着时间的推移，伴流光渐去渐远，直至消逝。但它们绝不会在记忆中消失，这些蛰居在记忆深处的东西，这些旧时光中举足轻重的老物件，一不经意，就可以勾起人们或甜美，或幸福，或苦涩，或苍凉的怀想。

　　出于怀旧之情，一网友利用闲暇时间画了一些老物件，并就每一件旧物以配文、题款做出相关说明，而后在互联网上一晒为快。虽然这些晒出来的笔墨小品在绘画技法上尚显稚嫩，画起来太过随意，但作为对老物件的一种记录，我倒认为这些笔墨小品的出现，不啻为一件极有意义的事情。我粗略数了一下，她画出的那些已远离人们视线的老物件，达二十余种，有木椅、竹摇篮、火钳、烟壶脑壳、木屐、蓑衣、老蒲扇、柴刀、洗脸架、烘笼、煤油灯、马灯、竹壳开水瓶、草鞋、风车、手推磨、灶台、坐桶、剃头挑子、暖脚壶、咸菜缸、土烙铁等。

在知天命之年，能够在初涉水墨功课之时，别出心裁地，以画这些老物件为切入点，留住那些游离于现实生活之外、即将逝去的记忆，倒是用心良苦、切合时宜的。虽然就绘画而言，她是从零开始的，但她的人生经历在，她对老物件的感情在，她的记忆尚存。于她而言，在执笔泼墨画这些老物件时，也就自然而然胸有丘壑了。正因为如此，很多老物件在她的笔下凸显了生活质感和历史感，有了一些沧桑和苍凉的味道。其中的《马灯》，画出了沧桑的铁锈味、斑驳感；《烘笼》《竹壳开水瓶》将绞来绞去的竹篾纹理，以挣扎、呐喊的方式在画幅中清晰地凸显出来；《洗脸架》则在古色古香的色泽中，透出厚重的人文韵律。特别是她以小楷行书写下的详细的配文，足以唤醒人们心中曾经有过却即将逝去的人生记忆。

这些源于生活、源于百姓的民间老物件，附丽着博大精深的民俗文化，凸显出社会生活的发展变迁，20世纪六七十年代出生的人，若有缘面对，片刻之间就能陷入那些曾经有过的、鲜活生动的、属于童年的乡村场景和生活情景。时光流转到今天，能够在心中装有这些凝结着千百万劳动者智慧和汗水的生活老物件的人，已是日趋稀少了。

应该说，逝去的老物件并没有多么贵重，但它们身上凝聚着一些旧事、一些记忆、一些温暖、一些美丽、一些智慧、一些爱憎……所有这些，足以让人们想起老日子里的风霜雪雨和喜怒哀乐。我想，只要思维在，感觉在，爱憎在，老物件的光芒就会永不懈怠地，在一颗颗跳动的爱心中，自在鲜活地延伸、闪烁、绽放。

第二辑
留得枯荷听雨声

　　熟宣上，那一行"留得枯荷听雨声"的行草，从岁月深处游弋出来，从一种境界抵达另一种境界，从一个灵魂渗透到另一个灵魂，多少年了，依然可以让人感动和彻悟。

根在，春不会远

周末早上，是属于我的闲散时光，这样的时候，我总会来到阳台上，瞧一瞧我侍弄的那些花花草草。

经过一个冬天，加上一些时日我不在家，置于眼前的这些花草，因为没有浇水，没人侍弄，有的叶子已经倦了，怠了，甚或黄了。这一刻，我能想到的事情，就是好好地将它们修剪一番。我记得父亲生前说过，养花，是要适时地修剪的，只有这样，花草才能长出你想要的模样来。

那是一年初春，父亲又在房屋后的园子里修修剪剪，除了剪掉一些枯残的枝叶，有的花草竟被他从齐根处将上面的叶片全部剪掉了。我看见后，说："这样子它们还长得出来吗？不会死吧？"父亲笑了笑，说："孩子，它们的生机在根上，你看着吧，它们会长得更茂盛的。"他顿了顿，又说："人和草木是一样的。根在，春不会远；心在，人就能活。"

不久，我看见这些花花草草真的蓬蓬勃勃地长出了新的芽叶。我蓦然明白，父亲原本是深谙花草习性的。

　　我种花养草，也会和父亲一样，适时地修剪。对于一些生长茂盛或根系发达的花卉，当植株的枝干长得过长影响株形时，我会适时将过长的枝条修剪掉，一些剪下来的枝条，我还会插入花盆中，让它生根成长，使盆中植株更加丰满完美。

　　吊兰，在属于我的花草中，是为数最多的。每年冬春交接之际，我都会将它们齐根剪掉，这样一来，在新春生发时，它们全然换上了簇新的色泽，煞是亮丽迷人，真可谓是"鲜枝如新沐"了。记得有一首诗这样写道："叶落根在莫忧老，枯木逢春再发花。虽是中间多进退，幸福终归到我家。"诗中述说的人生情景，该当就是这样一种情形吧。

　　是的，人和草木都是有根有本的。记得读高中时，班级在一次联考中失利，语文老师上课拿来了一截枯枝。无疑，这截枯枝活跃了课堂气氛，大家你一言我一语地猜测着老师的用意。老师说话了："这是十几天前被我折断的一截'滴水观音'。"然后他将一盆"滴水观音"搬到了讲台上，让大家细看。原来，"滴水观音"那断了的枝条处已经长出了新叶，看不出折断的痕迹。整盆花，丰硕美艳。大家一一看过后，老师又说话了："才十几天的时间，'滴水观音'就长得和以前一样了。由此可见，断了的枝条不能再活，留下的根却能重生。"他举着那截枯枝说："同学们，人生的挫折总是难免的，只要根还在，信念还在，生命就会有春天，就会有生机盎然的时候。"

白居易说："野火烧不尽，春风吹又生。"被野火掠夺殆尽，凭什么能"吹又生"？是因为根还在，这些沉默在泥土之下的根，于无声无息的境界中真切实在地孕育着。有人说，雪是冬天的根。这何尝不是"瑞雪兆丰年"的内蕴：一场雪除了带来天然的乐趣，还承载着一份责任，它关系到千家万户来年的收成。是的，雪是季节的承诺，是人心的牵挂。冬天的雪，是延伸在冬天的根。根在，美好明媚的年景就在，幸福就会降临。

"根在，春不会远；心在，人就能活。"父亲的这句话，伴我一生。

邂逅水梅花

炎炎夏日的一天，妻子一进家门，就从冰箱里取出一瓶冰冻矿泉水，顺手将它放在茶几上了。

不大一会儿，她淘好米，按下电饭锅煮饭键，从厨房里出来，将矿泉水瓶拿在了手中。这一刻，我看见茶几上出现了同矿泉水瓶瓶底凹纹一样的图案——一朵水渍梅花。那个无色的梅花水印，凸现在我视线中的刹那，我大脑中立马蹦出了优美无比的三个字：水梅花。

在曾经的感觉和认识里，只有红梅、白梅、黄梅。所有这些梅花，都是我在寒冬时节亲眼见过的。我大脑中蹦出"水梅花"的概念，完全是看见水渍图案时，一刹那生出的想象。

水——梅——花——，多么温软美妙又令人浮想联翩的字眼。一个"水"字，让人想到似水温柔，如波情态；一个"梅"字，让人读出清香纯正，玉洁冰清；"花"，一种馨香的语言，昭示着生命的美丽、多姿、斑斓、浪漫。水梅花——在世间究竟有没有这样一种一听就让人心动的植物呢？

怀着好奇心，借助互联网查找，我发现，我们所处的世界还真的存在着叫"水梅花"的植物。据说草本水梅花在七月开得最盛，茎细而脆，一碰就断，但很容易成活，只要将很小的花芽掐下来放到水里，几天后，花芽就会长出白嫩的根，移栽到花盆，时过不久，水梅花就亭亭玉立了。花开时节，粉红的花朵点缀在青翠的绿叶间，煞是好看。又说木本水梅花属灌木类，花期也在七月，其主干柔韧结实，最适宜盆景制作。花开时，细碎的五瓣单层小白花，一朵挨一朵，清醒而热闹。这些清纯的小白花，点缀在青枝绿叶间，开成禅意之境，如白鹤振翅，似梵音缠绕，颇能抚慰人心。

常见的红梅、白梅、黄梅，耐得清寒；水梅花则耐得暑热。对它们来说，清寒和暑热是截然相反的历练和考验，而恰恰是这些，成就了它们的香醇。生而为人，总会遭遇许许多多不可避免的"清寒和暑热"，正是因为有"清寒和暑热"的存在，庸常的人，才被磨炼得更具忍耐力，更有进取心。

随着水分的蒸发，茶几上，那朵清纯剔透的水梅花，渐消渐散，只留下一个清晰的梅花水印，这个水印裹挟着心灵的暗香，深深地嵌入了我的记忆之中。老实说，如果不是茶几上凸现出的那朵水渍梅花图案，我是无缘知道世界上还有水梅花这样一种植物的。事实上，我们平淡的生活中，无论是人与人之间，还是人与动物或植物之间，该有多少这样值得回味的偶然啊！

世间，生命的际遇都是一种机缘，这种机缘带给人们的，往往是意想不到的惊喜，甚至是丰厚的回报。一如夏日的那天，因为生活的偶然，我有缘邂逅水梅花，认识水梅花，并深深地感受它的暗香一样。

沉香树痂

有一首题为《树痂》的小诗："如果秋天的风没有吹落一丝青绿，我就和冬天似的，用刀子刻你。剥落表皮的粗糙，每刻下一颗心，都成为你春天里褐色的眼睛。"诗中描述的"树痂"，无疑是一种足以教人产生诸多联想的生命意象。

事实上，"痂"这样一种东西，是生命经受创痛的标志。无论是植物、动物还是人，痂，大抵都是作为附着物存在着的。

树痂，是树体外表经受创伤愈合后形成的部位。这些部位，或因树枝断落，或因外来重创，比如刀锋的削砍、刀尖的刻画而形成伤口。这伤口，因树体激发芳香、树脂外溢而愈合，经风霜雨雪的洗礼，而形成浑然天成的形态。这样的部位，是树体精华凝结所在，往往坚如盔甲，沉香暗结。德国谚语说得好：树木结疤的地方，是树体最坚硬的地方。自然生长的树木，因经受风吹雨打而倾折在所难免，但无论如何，曾经折断的地方总会愈合，虽然长得比其他地方难看，却是最有硬度、最能承受打击的地方。

记得有这么一个故事，一个年轻人高考落榜后，整天无所事事不说，还惯于争强斗狠。混了两年，依旧一事无成。终于有一天，父亲找到他，平静地对他说："别在外面瞎混了，给我打个下手吧！"就这样，他跟着父亲当起了小木匠。一天，父亲让他将一根结满树痂的槐树木头刨平。他虽然不明白父亲的用意，还是将它刨平了。当他把木头交给父亲时，父亲问："你刨的时候，发现它哪些部位最硬？""结疤的地方。"他回答。父亲又问："那你知道为什么吗？"他沉默不语。父亲顿了顿，语重心长地说："结疤的地方，是它曾受伤的地方！每次受伤后，受伤的部位就会聚集更多的养分，长得更粗壮、更坚硬！你看周围的树，都是这样！"

这段话，让年轻人醒悟，也让我明白：生活在现代紧张生活节奏中的人们，不但要注重外在身体的锻炼，更应注重内在的修为，一如沉香凝结般，让心灵复归自然的宁静。

席慕蓉说，生命，总是要不断地受伤，不断地复原的。是的，生而为人，总会遭遇各不相同的人生创痛。但在这个世界上，我们有生存权利的同时，也要有生存的本领，这种本领如沉香暗结，总在积蓄力量，助我们于人生挫折之中，一程一程走下去。

留得枯荷听雨声

深春初夏，物茂林丰，远没到满目枯荷的季节，不知怎的，心中总搁着李义山的那句诗：留得枯荷听雨声。

追根溯源，是一位叫枫林的书友，在我去她家串门时，她指着墨迹未干的宣纸，让我品李义山的那句诗，手指还特地点到了那个"枯"字上。她让我品，当然是因为这句诗好。而我也知道，她一定是品出了诗间真味的。

那一刻，蓦地，我就想起了《红楼梦》中的一个场景。有一日，游兴正浓的宝玉见了一池枯荷，颇为扫兴，嚷嚷道："这些破荷叶可恨，何不叫人拔去？"黛玉听了，嘟着小嘴回道："我最不喜欢李义山的诗，只爱他这句'留得枯荷听雨声'，偏你又不留着枯荷了。"宝玉一听，讪讪然，自然没让人拔去残荷，一心留着让黛玉听雨。

在常人眼里，新荷鲜活光亮，惹人怜爱，而枯荷，却是了无生机，没有可取之处的。我不知道，枫林在握笔挥毫写下这行诗的时候，心境是不是如林黛玉一般别致。我只觉得，兀立在纸笔墨砚之间，即使在新春，当这行诗在唇齿之间氤氲不去时，那雨打枯荷发出的声音，蓦地就在耳畔回响起来了，一屋子优美无比的字画，刹那间，伴随内心深处点点滴落的雨点，变得模糊、凄艳、落寞、迷离。

人生在世，富贵和贫穷是个变数，有时真的无法选择。但生而为人，却可以选择过什么样的生活，是有品还是无品，是从雅还是从俗，这一点，常常可以由心灵主宰。在俗和雅之间，她是选择了雅的，她的雅，绝对不是附庸风雅，更不是故作高雅，她的一手好画和一笔好字，可以为证。当然，她也只是世俗尘埃里的一位过客，似水韶光中的一尾游鱼，但毋庸置疑，她的生命，是有着丰富而实在的内涵的，你叹不叹服，它都是一种深刻的存在。

熟宣上，那一行"留得枯荷听雨声"的行草，从岁月深处游弋出来，从一种境界抵达另一种境界，从一个灵魂渗透到另一个灵魂，多少年了，依然可以让人感动和彻悟。我不知道，她的人生有过什么经历，她的生命埋藏着一些什么故事，但我知道，一个人如果能就着枯荷听雨，心境即使有几分凄清，终究还是可以大彻大悟的。

枯荷，也曾有蓬蓬勃勃、满目生机的时候，那是一种铺张着的壮锦，如人生的一段华年，张扬，美丽，透亮，辉煌。后来，它枯了，日子不再滋润了，生命变得憔悴而脆弱了，但它始终是洁净的。当雨点打在它身上时，它反而可以发出别样的脆响，那种声响，是一种天籁之声，可以让一个人在繁华褪尽的萧瑟里，滋生出"坦然面对枯荣，静观世态沉浮"的豁达心境。

提眉含笑迎春

有一种可以让人提眉一笑的叫"迎春"的植物。这种植物的荆藤大多旁逸斜出，拱形垂挂，颇似女性弯弯的含笑含情的眉毛。在这提眉含笑的荆藤上，开出的金黄色的小花叫迎春花。

迎春花别名黄素馨、金腰带等，小枝细长横斜，纷披下垂，颇有淑女风范。花先于叶开放，有清香，金黄色，外染红晕，花期由寒冬延伸到春天。在百花之中开花最早，花后即迎来百花齐放的春天，有"含笑迎春独自开"之声誉。

迎春花与梅花、水仙花、山茶花统称为"雪中四友"，花色端庄秀丽，气质非凡，具有不畏寒威、不择风土、适应性强的特点，为大众所喜爱。唐代白居易赞叹："金英翠萼带春寒，黄色花中有几般？凭君语向游人道，莫作蔓菁花眼看。"宋代韩琦惊誉："覆阑纤弱绿条长，带雪冲寒折嫩黄。迎得春来非自足，百花千卉共芬芳。"

报春的燕子还没归来，迎春花便迎着寒意尚浓的春之微风，独自开放了。在《红楼梦》金陵十二钗中，有贾府二小姐名唤"迎春"，此女落落寡合，不喜与众钗黛为伍，其人格修为，正合了迎春花跟梅花一样"凌寒独自开"之禀性。

关于迎春花，还有这样一个传说：洪荒蛮地、水祸肆虐的远古，有治水的大禹横空出世，为治水，他辞别心爱的姑娘，踏遍九州，开挖河道。当江河疏通，洪水归海时，大禹归来。姑娘手举大禹行前交付的爱情信物荆藤腰带，任凭风暴雨骤，依旧站在山岭上默默遥望，但不知何时，她已化为了一尊石像，她的手和荆藤长在一起了，她的血浸着荆藤。不知过了多久，荆藤竟然变青，变嫩，发出了新的枝条。大禹上前呼唤着心爱的姑娘，泪水落在大石像上，刹那间，那荆藤竟开出了一朵朵金黄的小花……迎春花，穿越千年的光阴，迎春花年年岁岁诉说着她无边的忧愁，无边的思念，在山间，在屋边，在墙根，在满眼的春光里……

一场春雨润过。迎春花远看星星点点，闪烁着醒目的嫩黄；近看，每朵花呈六瓣状，里面有细细的花蕊，色泽透黄，在风中散发着淡淡的清香。水珠洒在花瓣上，像细碎的珍珠一样，晶亮莹澈。在每一个乍暖还寒的初春，它在河堤上、草丛里、石缝中，一丛丛、一簇簇地冒出来，灿烂的玲珑精致的小花，以明亮的光泽，不动声色、不懈不怠地将春天一次又一次唤醒。

闲来，从河堤人行道低处走过，一条条花枝垂向眼前，枝条上舒展着花叶和花瓣，还有那青涩的花蕾，含苞欲放。正是这青枝黄花的美好光景，响亮地传送着春天的消息。当万物复苏，柳树发芽，桃花绽放的时候，迎春花却悄然离去，它横斜的枝条，长出快乐的叶子，纷披在过往的时光里，默默接续的，是岁月轮回中不变的迎春使命。

檵木晶莹

　　走着，穿过河滨公园和中心广场，无论在哪一个季节，一路上，只要有心，你目光所及处，总有一些应季的花在不懈不怠地悄然开放，给波澜不惊的生活带来欣喜和美丽。

　　是花，较之草叶而言，总是抢眼、入心的，就像靓丽的模特儿走在路上，总是那么鲜亮醒目，拥有超高回头率一样。这是由人的心性决定的，没有什么理由陈述，也没有什么大道理可言。

　　然而有一天，撞入我眼帘的，不是花，而是平日熟视无睹的一种灌木。小时候在乡下，我就经常见到它，这种灌木，容易繁衍也容易成活，满山遍野都是。可是在这一刻，它以它的特别之处吸引了我，打动了我。那种灌木叫檵木，准确地说是红花檵木，又名"透骨红"。它那细小的椭圆形或卵圆形叶片，绿里透着红，红里透着紫，很丰富，很包容。晴和的时候，它的叶片在阳光之下，看起来有一层极细的绒毛，忽闪忽闪的，像是有话要说，却是欲言又止。如果有一双童真的眼睛和它对视，一定会童趣丛生，并能带来许许多多的纯真的想象和发问。

红花檵木枝繁叶茂，树态多姿，木质柔韧，耐修剪蟠扎，宜制作成树桩盆景，更宜美化公园、庭院、道路。它开花的时候，一串串、一簇簇堆满枝头。全开的花瓣像炸开的烟花，半开的像洋娃娃的鬈发，未开的米粒大小的花骨朵儿，挤在一起如朋友窃窃私语。据说，除了观赏价值外，它的根、叶、花果均能入药，用于通经活络、收敛止血、清热解毒。

它让我动心、动容，是在初秋的一个早上，头天晚上下了毛毛细雨，放眼看去，一切都是湿漉漉的。我路过它们的时候，远远地看见有许多晶晶亮亮的东西在那一丛丛修葺得很平整的檵木叶片上面浮泛、闪动，那种白亮的闪动，精致圆满、晶莹剔透、自在空明，恰似水银泻落了一地。那又是一种神秘的诱惑，让人感觉是上天在无意之间散落的一些白花花的碎银。又如一层泛起的霜花，让人冷不丁就有了深秋的意味，生发出微凉的情愫、寂然的心境。

走近了看，那闪亮的东西原来是叶片上藏着的一些清澈透明的小水珠。是叶的色泽和天光的精华相映，成就了那种视觉之内自然的晶莹之美。而这种碎珠溅玉、白光照眼的美丽，是无论怎样变换方位，在周边其他树木或灌木的叶片上都无法见到的。就这样一次偶然，让我第一次领略了"透骨红"那与生俱来的销魂蚀骨之处。

原本凡俗的雨水，下了就下了；原本不起眼的檵木，没人爱怜就没人爱怜。但它们一旦相遇，便生发出互为提携的美丽，谱写出光亮夺目、清新可人的童话般的簇新篇章。

　　美美与共，各美其美，是一种境界；物物相衬，而能相得益彰，更是天造地设的一种机缘。檞木与雨水相遇，成就了世人眼中的晶莹，也拨动了人们的心弦，开启了世人心底潜在的美好明媚。

藤蔓的境界

一直以来，我的脑海中存在着两幅关于藤蔓的活生生的画面：

其一，在一处陡峭如削的崖壁上，几株不知穿越了多少岁月的老藤，疏密有致地缠绕在一起，欲动欲静，欲张欲弛，欲汹涌，欲奔突，如书法大家的狂草，似音乐天才的演奏，不折不扣地缠绕成一幅有形有态、有声有色、自然天成的大幅壁画。

其二，在一座无顶盖，却有结实精致水泥支架的凉亭中央，有一丛大大小小、缠缠绕绕、攀缘而出的藤蔓。藤蔓伸出凉亭之后，层层叠叠披散在水泥支架之上，以属于它的藤条、绿叶、花朵，架构起锦绣的亭盖，演绎着风雨阴晴，演绎着四季开合的韵律和色彩。

正是这样两幅优美无比、活力四射的精彩画面，让藤蔓之姿不着痕迹地融入了我的心灵世界。

对于藤蔓，我们并不陌生，它是根生于土壤中的一种易弯、柔软的木本或草本的攀缘植物。因为茎梗细长，所以不能单独直立，但它具有凭借自身的本能攀附他物向上伸展的特质。为了生存，藤蔓总是忘情地攀爬着，不管不顾地与树木争夺着水分、空气和阳光。

藤蔓，没有挺拔的身姿，不管身体有多么柔软、孱弱，都能够凭借自己的执着与顽强，想尽一切办法，在艰难曲折的环境中孜孜不倦地攀爬，身体的障碍，阻挡不了它渴望生存和向往美好的脚步。到最后，它的努力，一定会让许多根茎粗壮的树木望而兴叹。可以说，藤蔓本身就是一种信念，是一种孜孜不倦的追求，是人生得失的有力见证。也许，它需要依附，但它那种不懈不怠努力向上攀爬的精神，永远值得人类效仿、膜拜。

"路漫漫其修远兮，吾将上下而求索"，许多情况下，人生如藤蔓，要想有所收获，有所成就，就一定要有藤蔓般的探索发现精神，四面八方伸展，不撞南墙不回头。只有经历了才知道为什么会失败，只有经历了才知道怎样去取得成功。

攀爬而生的藤蔓，生命力旺盛，极具姿态情态。如果在家居装修时，有心饰以藤蔓，可使逼仄的空间得到舒展延拓，弥漫浓浓的写意情怀。那是视觉的盛宴，是思绪的佳境，于缠绕中衍生出美妙的、不休不止的人生情怀。

许多藤蔓，未必有向上的依附，一样处于收放自如的生存状态，它们或匍匐于地面，或游走于峭壁，或悬挂于枝头，活得洒脱、达观、自在。你若有心在山间跋涉，藤蔓的好处更是无处不在了。它总是在最险要的地方，最关键的时候，拉你一把，给你最必要的扶持和帮助。

人有人的境界，藤蔓也有藤蔓的境界。藤蔓的生命是卑微的，许多卑微的生命都是不着痕迹的，正是由于它们不着痕迹地旺盛着，美丽着，我们的生活才如一幅幅打开的山水长卷，笔墨氤氲，有滋有味，多姿多彩。

春寻一树梅

春闲时光，去熟悉的广场寻访一树梅花。平日，我一次又一次远远望见过绿树丛中的那一片片粉红，却无暇走近，但也凭空多出了许多想象。

我想，那该是一树唐朝的梅花，装进了一千余年的雨雪寒霜，有多少人见证过每一次花开，就有多少人错过了每一次花落。它盛开的时候，岁月从来没有停止过，独有唐朝的韵味穿越历史烟云而来；它飘落的时候，时空的风，吹皱了一些容颜，也卷走了一些情事，心与心的接力，却不懈不怠地轮回在花开花落间。

或者，那也是一树宋朝的梅花，灼灼如火，密集灿烂，你侬我侬，热烈深情。那独立超然的品格，成为许多人追求的人生境界和价值尺度。陆游、李清照、辛弃疾、文天祥、杨万里……他们更是赋予了梅花盎然的诗意："闻道梅花坼晓风，雪堆遍满四山中。何方可化身千亿，一树梅前一放翁。"陆游对梅的痴情癫爱在此诗中一览无余，他一个人看一树梅花还不够，还恨不得化身千千万万个陆放翁伫守在梅花树下。辛弃疾对梅花更是情有独钟，梅开的日子，总是折一枝梅花带在身上，且看且吟："要得诗来渴望梅。还知否，快清风入手，日看千回。"他爱梅花，更是借此寄寓自己"凌寒独立"的人生情怀。

宋朝关于梅花的诗词，更是造就了诗意美学的极致。"墙角数枝梅，凌寒独自开。遥知不是雪，为有暗香来。"王安石笔下的梅花，让"凌寒独自开"的梅花有了偏安一隅、高洁顽强的秉性。"众芳摇落独暄妍，占尽风情向小园。疏影横斜水清浅，暗香浮动月黄昏。"隐逸诗人林逋笔下的梅花，让山园小梅在"疏影横斜水清浅"的氛围中，有了孤芳自赏的意味。"驿外断桥边，寂寞开无主。已是黄昏独自愁，更著风和雨。无意苦争春，一任群芳妒。零落成泥碾作尘，只有香如故。"爱国诗人陆游笔下的梅花，倾诉着心中的怅惘苦闷、离情别绪，以咏梅的方式直抒情意，让人回味再三，不能释怀。

更多是属于中国画中的一树树梅花，在寒山下、古涧旁，痛快淋漓地绽放着别开生面的美丽。梅入画，皆因其傲雪凌霜、独步早春，更因其铮铮铁骨、浩然正气。关山月画梅，鸿篇巨幅、气势磅礴，他曾在《天香赞》一画中题诗曰："画梅不怕倒霉灾，又遇龙年喜气来。意写龙梅腾老干，梅花莫问为谁开。"董寿平画梅，苍劲浑朴、天籁自然、笔墨活泼、技艺精湛，以造化为师而不违古法，既求形似，也重神似，其朱砂红梅堪称绝技，有一种无法超越的精气神荡漾在画幅之中。

那也是传说中的一树梅花，在书卷中，在汝窑雕瓷间，在越剧舞台上，在初春的阳光下，倏忽间，就有了一股豪侠之气。正如《二刻拍案惊奇》之《神偷寄兴一枝梅》，将侠盗的机警、诙谐、豪气、侠义和超人的技艺以一枝梅定格，可谓活灵活现、别无二致。这样一枝侠义的梅花，在书卷中伸出来，又怎能不在心底长出振奋和惊异？

春寻一树梅，寻到的是高尚雅致，访到的是昂然正气，一如"朔风吹倒人，古木硬如铁。一花天下春，江山万里雪"所造就的强大气场，又如何能不教人感叹丛生、一念倾倒啊！

阳光的真谛

　　新春第一天，阳光灿灿的，搬了把椅子坐在老家门前的桂花树下，置身于温和的阳光中，心境格外舒坦平静。阳光，从桂花树冠的叶子间漏下来，落地成金，漏出一地秋光般的温馨想象来。在温暖之外，那是多么丰实的一种感受啊！

　　二十多年前，父亲在家门口栽了几棵桂花树，日月轮回间，它们的主干，从曾经的拇指大小，长到如今碗口粗细了，二十多年的日月光华，二十多年的风霜雨雪，将它们造就得根深叶茂、妖娆动人。身在异乡，老家门前的桂花树，成了我生命中的风景，一想到它们，我的心中，就装满了不能放下的父母亲情。这二十多年的每一个春节，为了能够陪伴在父母身边，我总是没什么理由可讲地回到乡下，正因如此，我甚至不知道在自己所在的城市里过春节是个什么滋味。

　　父亲站在门楣之下向远方眺望，他鬓如雪，发如霜，目光有些滞涩了。顺着他的目光看去，我看见了我熟稔已久的，那座属于我的家乡的最高山峰——白羊山。若是有云缭雾绕，在家门前看到的白羊山只能是若隐若现、扑朔迷离的。而眼前，白羊山是那样清朗，白色的山石如羊群散落在山岭之上，甚至历历可数，那种山野牧歌般的氛围让人充满了对人生的念想。我坐在阳光下，坐在充溢着乡野气息的故土情愫中，阳光的手指静静地在我的发间，在我沾染着日月风尘的脸上、手上摩挲，沟渠之水带着春天的激情，唱着阳光的歌谣，在身边潺潺流淌。

我收起目光，一片桂花树叶飘落在手中摊开的书页间，白纸黑字间，那一叶葱绿，在阳光下，泛着油亮的光泽。低眼处，满地是鞭炮的碎屑，阳光下，喜庆的红色，将新春的气氛衬托得欢庆、喜悦，让人精神焕发。

父亲走进房间招呼母亲去了。去年，母亲因为一次意外，股骨骨折，不得不动换骨手术，母亲陷入了病痛的痛苦中。天各一方的儿女，偶尔回去探望一下，尽经济上的心力，待一两天也就不错了。最终，待在医院的，只有白发苍苍的父亲，他不分白天黑夜地守在病床边，悉心照看着病中的母亲。俗语说：少壮夫妻老来伴。这时候，父亲的行动无疑是对这句话的最好诠释了。

一会儿，父亲将拄着拐棍的母亲从屋内扶了出来，我搬来一张椅子在院子里透亮的阳光下放好，扶母亲坐下。父亲说："有阳光多好啊，你妈妈可以好好晒晒太阳，这样，对她的身体恢复有好处。"我看了看父亲，父亲的目光虽然滞涩，但对亲情依然执着固守，散发着慈爱的光芒。他搬来一把椅子靠母亲坐下，阳光下，桂花树影间，流淌着父亲母亲一生一世的亲情，那种化不开的情感，有如秋天来临时，那满树浓郁的桂花甜香。

阳光的真谛是什么呢？坐在父亲母亲身边，沐浴在阳光的氛围中，我想着这样一个问题。我知道，任何时候，阳光都是无私的，也是无畏的，所到之处，它总在驱逐黑暗和迷障，将遥远的距离拉近，使迷离的事物清晰。它可以让生活中失落失意的人，在刹那之间，将生命看得百般珍贵，产生不舍的情愫；也可以让一颗冰冷的心复苏，燃起焰火般的渴望，透过沉郁的现在，看到美丽的将来。亲情，有如春日温暖的阳光，它可以让花香浓郁、生活明丽、日子香醇。

朝向未来的声音

每天早上睡到自然醒的时候，我听到的第一个声音，就是墙上挂钟嘀嗒嘀嗒走动的声音。听到这个声音，我的第一感觉就是，我又站在生命中一个新的渡口上了。

记得席慕蓉写过这样一首诗："让我与你握别，再轻轻抽出我的手，知道思念从此生根……渡口旁找不到一朵可以相送的花，就把祝福别在衣襟上吧，而明日，明日又隔天涯。"

席慕蓉写《渡口》这首诗时，她正为一个即将远离的人热切地爱恋着。而此刻，当我醒来，感到时光还在体内流淌的时候，在我的心中，时间以及生命中的伴侣，都有着同样的分量。面对时间，我的心是充满柔情的，当我用心的软毫去触摸流泻在身边的时间时，就像用有些迷离的目光，触摸睡在我身旁的爱人一样。

倘若诗中的你换成时间，那么，我和你，每天每时每刻都在一次次握别。时间一去不回，自然是无根可生，无思念可以寄托的了。当时间抽手而去的时候，好在，还可以把一种执着珍爱，别在今天的分分秒秒里，生命本身，就这样成了一程又一程相送的花。

时间，嘀嗒嘀嗒地走着，一秒一秒，不再倒流。感情也好，事业也罢，在时间的河道里，从来没有回流的时候。生命的每一个渡口，永远没有停顿，有的是光阴一刻不停地消逝。时间的声浪，就这样一波接一波，永不停息地揉皱着我们的皮肤，漂白着我们的黑发，改变着我们的声音，变换着我们的容颜，冲淡着我们的激情。

在匆匆而去的时间的足音里，各人有各人的心境。有人会落下悲伤的泪滴；有人会抛下轻绵的叹息；有人意气风发，抢在时间前头；有人在时间的河道里，游得酣畅淋漓……《赤壁赋》中，与苏轼同座的客人因触景生情，引发了对曹操由盛而衰的思考，发出了"哀吾生之须臾，羡长江之无穷。挟飞仙以遨游，抱明月而长终。知不可乎骤得，托遗响于悲风"的感慨。苏轼呢，则借水月以言志，阐述了"盖将自其变者而观之，则天地曾不能以一瞬；自其不变者而观之，则物与我皆无尽也"的哲理。由此看来，有穷无穷、短暂永恒，皆因事而殊、因人而异罢了。

无论怎样，我还是时常怀着感恩的心，聆听时间的走动——这有节奏的、妙不可言的、朝向未来的声音。我想，不管哪个年龄阶段的人，只要还有属于自己的时间，就一定有属于自己的未来。应该说，在未来的方向上，还有很多果实，还有很多值得追寻的人生梦想，会因一个人的执着不懈，而融入鲜活的多姿多彩的生命。

　　毋庸置疑，就一个人而言，时间，有既定的走向，也有注定的长短。但每一个人的心底，都毫无疑问地，潜伏着一个还可以继续走下去的朝向未来的声音。

一枕依恋床上书

床头枕边，总有我的一种牵挂、一种依恋。说是嗜书成癖也好，说是爱书如命也好，总之，书，确确实实启迪了我的生命，激发了我的灵性。

枕边书自然不是整齐划一的。专业书有过，文学书有过，美术书亦不少，间或放上一本词典、地图册之类。高尔基断言："书籍是人类进步的阶梯。"以我这样的小人物来看，书，至少为我孤独寂寞的生命时光，带来过不少欢乐。

书，总是各有千秋的，古今中外的正传野史、小说故事、诗歌散文，相得益彰。

一册好书在手，和衣坐于床头，就着柔柔的灯光静思默读，其间况味，飘逸超然，教人沉浸其中，如入别样境界。

有时读着读着，觉得书中所言和自己所想极为相近，言有尽而意未穷，便跳下床来，铺纸取笔，一吐为快。有时神思其中，不能自拔，竟至通宵难眠。

也有这样的时候，因为白日的操劳，上床捧书片刻，便迷迷糊糊睡着了。梦中美境佳人，自然有过。更多的却是读书写文章，常有神来之笔，常有绝妙诗文。但却无法在梦醒之后拾回来。

读书，使我和文字结下了不解之缘。文学是人类通向和谐美满的阶梯。它让人拿得起，放得下；它唤我向前走，莫回头。

书，就像我一世的爱人，虽然没有一日不见如隔三秋的感觉，但在我的情感世界里，永远有容纳你的一席之地。

我有过迷茫，真的。不是与你固守的时候，而是离你离得很远的时候。曾几何时，一种错误的生活导向让我疏远了你。我肤浅地认为，你就像一件精美的瓷器，是一种高雅的装饰，却离开了生活的真实。于是，在远离你的彼岸，我沉醉潦倒，忘乎所以，不知归期。

其实，我从内心排斥那样一种生活方式，把大好时光虚掷在牌桌、酒桌上，我常常感觉失落，一种无助的失落和悲哀。于是，在我沉迷的间歇，总听到你在窃窃私语：人，总要有点儿理想，有点儿抱负，有点儿情趣，有所作为。

在我静静地坐下来，将一杯苦涩的茶越喝越淡的时候，想起了曾经与你相依相伴的许多个日日夜夜。你用你的体香熏陶我，你用你的情感丰富我，你让我感觉拥有你，便拥有了整个世界。

于是，我再一次回到了你的世界。从春到夏，从秋到冬，你我共同播种、收获。是你，让我羽翼渐丰、生命充实；是你，让我摆脱厄运，走出生命的劫难、生活的困境。

闲时坐对一树花

    我坐对的一树花，是广玉兰，别名荷花玉兰、洋玉兰。它是可以让视觉"大快朵颐"的一种花。事实上，玉兰花不光有白色的，还有紫白色、青白色的，这些大朵大朵的花，直入心底，生发出一种蓬勃逍遥的气象，看着，便足以令人心生震撼。

    这是一种热闹的、有气场的花。盛开时，花瓣展开，指向四方，青白或紫白，片片炫目，片片耀眼。置身花树下，有清香阵阵，沁人心脾。其花开惊艳，满树花香，舒展、优雅、饱满，绚烂极了。一天，连一向对花事不大关心的儿子驱车路过淦河大道，看到满眼一树一树盛开的繁硕明艳的玉兰花时，也不由得发出了惊叹和感慨。它似乎在告诫路人：是花，就要怒放；是生命，就要尽心竭力绽放。

    春天，总是绿意盎然的，而玉兰花就是在绿意盎然中开出的大朵大朵的花，它悄然间在春光中展开着她的美和媚，在高高的花树上，迎风摇曳、神采焕然，这何尝不是天女散在人间的可爱的花朵？怪不得清代词人朱廷钟在《满庭芳·玉兰》一词中这样写道："刻玉玲珑，吹兰芬馥，搓酥滴粉丰姿。缟衣霜袂，赛过紫辛夷。自爱临风皎皎，笑溱洧、芍药纷遗。藐姑射，肌肤凝雪，烟雨画楼西。开齐，还也未，绵苞乍褪，鹤翅初披……"这样的美好，较之迎风鹤舞之美妙，真是有过之而无不及。

每天上下班从一棵又一棵玉兰花树下穿过，感受着玉兰花开的专注热切、执着忘我，也时常看见三五行人眼神中恋恋不舍的情态，他们驻足在花树下，忙着拍照留影。特别是有情人之间，你依我依，脸上洋溢着对人生、对生活的情意浓浓、绵绵不绝的依恋和热爱。

玉兰花美，花期却短。路过时，看着地上飘落的花瓣，便不免心生怜惜。每一朵来到世间的花，每一朵与一个人相遇的花，都是一种缘分。于是，拣了一个阳光正好的闲时，我来到玉兰花树下静静坐上一会儿。看花，闻香，惜花，怜花，想花。赏一树花，爱一座城。人之一生，无论是男人还是女人，都是一棵开花的树，谁遇见了你，谁又会被你遇见？这都值得珍惜。

一阵风吹过，玉兰花在风中翩翩起舞，给静美之花增添了几分动感和活力。有花瓣从脸上滑落，这一刻的柔情，是无以言表的。我想，这才是人生的艳遇呢！是花，或长或短，都会零落，终归成泥。而能把馨香和柔美嵌入一个人记忆之中的，并不多见。

好在，我没有让这瓣花落为泥尘，我将它掬在了手心里，拿回家夹进了书页间，也带回了一树花的记忆。也许，若干年后，这瓣花，虽然已经枯槁，但它的美丽和芳香还留存在书页之间，还会一不经意，在岁月翻卷几个轮回后，羁留在另一个有缘握住并打开这卷书的人的心坎里。

　　人，对真善美大抵是心怀感念的，而花，是最好的载体。可以说，花，是有益于人类生存和幸福的，它可以开启一个人的情感和智慧。坐在花树下，胸怀生活的美好，根除了世俗杂念。花，是足以抚慰人心的，它是一种生命现象，会对坐在花树下的人，默默诉说世界的美和好，徐徐点燃一个人深藏于心的爱和希望。

踏石听风问香

古人爱在石板上赤脚跳舞，我呢，倾心于在石块铺就的林荫小径上随心行走。我的感觉中，踏石而行，听风，问香，这本身就是非常有诗意、非常惬意、非常快乐的一件事情。

这些铺路的石块是从哪里来的？无从探究，但它们一定不是一开始就在这里的。它们曾经被土掩埋着，经过地火的烘烤，千年万年，在一片郁郁葱葱的山林下面，静静地等待着一种机缘，抑或就是变成铺路石这样的机缘。自然造化，造就了它们变化万千的纹理以及纷呈各异的色泽，赤、橙、黄、绿、青、靛、紫、黑、白，这些色泽，注定是可以予人不竭的想象和视觉的愉悦的。

踏石而行，我时常为那些切割过的石块上裸露出的奇异的纹理和丰富的色泽感动。夏天，我会脱下鞋子，赤足走在上面，便有种种身心熨帖的感觉从足底升起，让我心怡、心动、心驰神往。若是鹅卵石，踩在上面，摩挲之间，别有另一番滋味。看来，有人说"根深者枝叶茂盛，脚健者通体安和"是极有道理的。

踏石而行的时候，满目皆是祥和美好，阳光或者月光是那样柔和恬淡。我总听见悠悠的风声如爱人的气息耳语般从耳边吹过，我还听见岁月河道里的水流潺潺有声，涌动爱的涟漪，洗濯我的心性。这样的时候，人间的场景，世上的情意，是如此让人眷恋，教人不舍。

我闻到了空中流动的香味，有草木香，有百花香，甚至有阳光和月光的香味。当然，我还隐隐闻到了最有生命力的石头的香味，它们穿越千年万年，经历了太长的岁月，经历了太多的风霜，它们的香味在岁月变迁中变得疏散、闲淡、悠远。平日里，我是无法感知的，只有在踏石而行的时刻，我才一次次感受到了这来自山野之间的石头的香味，原来一直在我们的生活中萦回。

踏石听风闻香，不禁会发问，这些香味是如何来的，又将到哪里去。正如我们从哪里来、到哪里去一样。花香会飘逝，每个人注定是生命之香的过客。

闻香会引发品香，品香的境界在于怎样去感觉、感知、感悟。对香味的直接把握，准确嗅出它的甜味、凉味、苦味、清香味、奶味等，就是感觉；从物质上升至精神层面，通过香味触动我们的灵感，开始引发我们思考，就是感知；而对香味的凝思，净心虑性，超然于物外，念天地之悠悠，宇宙之无限，从而抵达精神清明之境，即为感悟，也就进入问香境界了。

仿佛间，我看见雨后阳光照射下，青石上腾起的一缕缕水汽，散发着青石的香味，这香味是被雨水浸润出来的，也是因为有一颗对阳光的感念之心而衍生出来的。这世间的石头，生活的香炉啊，盈溢世间，无处不在。

人生何尝不是莽莽时空的一段沉香，去的去了，来的来了，来去之间，心香弥漫，氤氲，演绎出许许多多芳泽后世的生活方式、人生哲理、世间佳话。

闻香谁是问香人？问香是一种心境，在茫茫世间，有这般情致的人，一定对人生充满憧憬和眷恋；有这般心性的人，也一定是远离名利世俗的人。闻香，是一种生活；而问香，却可以让世间万物之香融入一个人的灵魂，教灵魂不朽。

第三辑
偷闲看月亮

　　抱膝看月亮，在夏夜，在儿时的田埂上或老家的屋顶上。幽蓝的天空升起一轮圆月，冷冷的、幽幽的、柔柔的清辉，落在身上，落在夜色里，也落在心坎里。刹那间，便有无穷无尽的遐想。

桥边，是故乡

　　枯坐时，我爱随手找一张纸，信笔写下陆游的词句："驿外断桥边，寂寞开无主。已是黄昏独自愁，更著风和雨……"可以说，在纸张上随手书写这首词，已成为我一生之中一种潜意识的反复。为什么？不是因为爱梅花爱得彻骨，而是因为词中有亲切熟稔的"桥边"二字。是的，我的故乡，就在名叫"桥边"的地方。

　　在我心里，他乡再好，也永远是他乡，故乡再不如意，也永远是搁在心底的牵挂。何况，我的故乡，本就是一个物产丰富、山清水秀的去处呢。

　　说到故乡，最先跃入脑海的，还是连绵起伏、错落有致的群山。故乡的山，虽然没有张家界的刀劈斧削、奇峰险隘，但也具有江南特色的山峦起伏、逶迤秀丽。凸现在我记忆中的，有烟包山、百精山、白羊山、龟头嘴、裹枷嘴……

春天来的时候，烟包山的梨花、李花，说开就开了，一树一树的白，白得璀璨，白得耀眼，整个山头恰似包裹在一团团白色的烟霭雾气之中。阳光灿烂的日子，沐浴在阳光下的梨花、李花，更是闪着银亮的色泽，整个山头如梦似幻，宛若人间仙境。

　　百精山呢，是村落最北面的一座山，不举足前往，是难见其真容的。儿时的心目中，那是离村落最远的一座山了，平常很少有人去。虽然那里长着成片成片的野生桑葚，但因为太远，出于安全考虑，大人们总说那里藏着一百种精怪，"红毛野人"就是之一。固然如此，在那个物资匮乏的年代，小伙伴们总是在桑葚成熟的时候，冒着被"红毛野人"捉去的危险，结伴上山，前去采摘红红黑黑的桑葚，只为一饱口福、一快肚腹。

　　更有白羊山，是故乡最高最大的一座山，远远望去，白色的岩石如羊群散落于向阳的山坡。山腰之上，总有云缭雾绕，缥缈来去。山体北面，有一悬洞，长年流水不断，潺潺作声。后来，老家隔壁的程江告诉我，白羊山上，隐藏于灌木丛中的岩石，有众多人工凿出的凹槽。有人猜测，邻镇白霓出土了商代铜鼓，这凹槽要认真追溯的话，应该可以追溯到商朝，说不定当时有军队在这里屯扎，搭建营帐，埋锅造饭。猜测归猜测，这一切，有待有心人进一步考证。20世纪六七十年代，农业崇尚开疆拓土，白羊山自然成了首选地，宛然成为种植场和养殖场，这些藏匿于灌木丛中岩石上的凹槽，据说那个时候就有人发现了，只不过当时白霓商代铜鼓并没有出土，也就想不到那么多那么远了。

　　龟头嘴和裹枷嘴是村落附近的山丘。龟头嘴形如龟头，因此得名。龟头嘴是我儿时去得最多的地方，那儿有一畦畦的菜园，种植着瓜果鲜蔬，就算晨昏之间，也可从容来去。那里也是我儿时的乐园，捉虫浇水、捕蝶采花、摘果弄蔬、"寻躲"嬉戏，其乐无穷。裹枷嘴呢，山头有枷状的堰壕，裹在山腰。据说日军侵华期间，在这儿修筑了堰壕和碉堡，中国军队同日本兵在这儿发生过激战，死伤众多，至今还可以在山头黄土中找到锈蚀的弹壳呢。可以说，裹枷嘴，见证、记录、承载着一个民族的屈辱史。

江南山水之美，得益于丰富的植被。由山及树，我想起了村东荷山脚下，曾经有过的一棵硕大的红枫树，树身需要多人才能合抱，树干高耸入云、冠盖森森、遮天蔽日。春天，千百只白鹭集结于树冠之中，或悠然小憩，或闪躲腾挪，或翩跹而去，或凌空而来，构架出一道亮丽的风景线。秋天来了，枫叶红了，那种热烈，那种壮美，教人在仰视之时，不免肃然起敬。后来，这棵参天的枫树，不幸毁于一场暴虐的雷电之中。

故乡的山，更多的是杉树、槠树、茶树、桂花树……那都是足以喂养烟火生活的世间精魂。说到桂花树，我自然而然想起的，是老家门前的几棵桂花树，那是父亲20世纪80年代初，移栽到刚刚迁居的家门口空地上的。那时，那几棵树也就刀柄那么粗。如今呢，已是合抱之木了。眼看就是中秋佳节了，我想，老家门口的几棵桂花树，该是在绿叶之间缀上了星星点点的花黄了吧。只是，苍老的母亲，已无力支撑着身体一人自持在家，就近住到了妹妹家里，原本可以住一大家人的房屋，暂时是没人住了，老家的房子，只能寂然地嗅着浓郁的花香，以等待的心绪，矗立在我们平平仄仄的想象中。

桥边，自然是有水可涉、有桥可言的。由白羊山脚下的红石水库倾泻而出、蜿蜒曲折而去的红石河，穿过大大小小的自然村落，衍生出了众多长短不同、宽窄不一的桥梁。仅穿村而过的国道上，就有三道钢筋水泥架构的桥梁——红石桥、丁家桥、陈家桥。

另有程家桥，这座桥，偏离于国道两三百米外，坐落在村庄正前方。我儿时的记忆里，最初的程家桥，不过是一道简易的木桥，一发大水，桥墩总是被冲折，桥面总是被冲垮，程家桥成了名副其实的"断桥"。那时，我正在上小学，晨昏之间，风雨之中，不知寂寞为何物，唯有"断桥"引发的愁思，满满当当地挂结在心头。

好在，日月更替，生活向好，桥修结实了，路面通畅平坦了，一切的一切，在日新月异的时代巨变中，变得宽阔、敞亮、笃实。出得门去，一身雨水一身泥的日子，在悄然之间，已然是杳如黄鹤，一去不复返了。

空谷回声

　　小时候，同父亲上山干杂活儿，累了停下手中活计的时候，常常会扯着嗓门对着山谷喊几嗓子，接下来，就听到山鸣谷应，传来了一浪一浪的回声。喊什么，听到的就是什么。

　　有一次，我问父亲："为什么会有回声？回声是怎么一回事？"父亲笑笑，说："孩子，听我给你讲一则寓言吧。从前，一头驴和一匹马，驮着货物赶路。驴累了，对马说：'我吃不消了，你多少帮我驮点儿吧！'马不愿帮驴的忙，不多一会儿，驴就倒地死了。随后，主人把驴的货物移到了马身上，并在上面放了一张刚剥下来的驴皮……"

　　我有些困惑，对父亲说："这跟回声有关系吗？"父亲说："当然有关系啊，回声其实就是一种反响、一种应答、一种回报。如果马在驴子请求时帮助了它，驴子便不会累死，马自身也不至于要驮那么多货物，甚至还要加上一张驴皮。这跟你对着山谷喊什么，就会听到什么，是同样一个道理。"

父亲接着说："其实人也一样，一个人幸福与否，并不取决于拥有什么，而取决于怎样和这个世界相处。付出和得到常常是相互的。"接着他又讲了另一个故事。

有个人在沙漠行走，饥渴难耐。途中遇到沙尘暴，让他无法辨别方向。在他快要绝望的时候，猛然发现眼前有一幢废弃的小屋。

他拖着疲惫的身子走进屋内。这间屋子除了一些枯朽的木材，屋角还有一座抽水机。他兴奋地上前汲水，却怎么也抽不出半滴来。他四顾一瞧，见抽水机旁有一个用软木塞堵住瓶口的瓶子，瓶上贴了一张泛黄的字条，字条上写着："你必须用水灌入抽水机才能引水！不要忘了，在你离开前，请再将水瓶装满！"他拔开瓶塞，发现瓶子里果然装满了水。拿着瓶子，他犹豫了一下，最后还是将瓶子里的水倒入了抽水机内。然后他试着汲水，水真的泉水般涌了出来！

他喝足水后，将瓶子装满水，用软木塞封好，然后在原来那张字条后面加上了一句话："有付出才有回报。"

随着年龄的增长和人生阅历的丰富，我逐渐明白父亲在故事中所说的道理。人生在世，人与人之间有着千丝万缕的联系，当一个人懂得付出时，也就意味着得到。帮助别人的时候，也就帮助了自己。人与人之间有了互动，才会有和谐适意的相处。

事实上，我们常说的团结协作，有如空谷回声，得到的往往是可以给心灵以愉悦的最好回应。

冬深柳丝黄

　　一夜之间，原本丰盈的温泉河水变得枯瘦。宽阔的河道，一半是河床，一半是流水。河床中，平日难得一见的鹅卵石及其他乱石，就这么悄然凸显在人们的视线里，分外清楚，惹人注目。

　　河水丰盈时，水面看起来是平静的，流动的感觉沉稳而缓慢；河水一旦变得清浅，便有了激越、欢畅的味道，有了一种别样的清亮和生动。

　　河面上，那些平日多有所见的、成双成对的、多情快乐的水鸟，倏忽之间就不知了去向，失去了踪迹。我想，它们的去向是明朗的，是可以想象的，一定是暂时随流水退隐到了另一个美好的地方。在河水再次丰盈时，它们一定会循着去时的路，回到熟悉的水域。河道中，静默如僧侣、被时光之水冲洗了千年万年的鹅卵石，无声无息，永远在默然的状态中，见证着时光的流转和季节的进退。

不畏寒凉的、恋家的鸭子，依然畅游于传说中"沸水扬波"的温泉水中，逍遥自得，不曾离去。更有那沙石裸露处，一群鸭子栖息在那儿，不时拍打着翅膀游戏嬉闹，快意悠然。我想，于鸭子而言，虽然河水变得枯瘦清浅了，但也许在清浅的河水中，更容易觅到可口的食物，也更能找到情趣乐趣。

　　寒冬里的阳光，依旧温暖而柔和，理性而生动，它映照着河两岸或葱茏或萧瑟的树木，也映照着清清浅浅的河水。徜徉在阳光下的河边，我依稀听见了春天的动静，所有的花苞、芽苞在树枝头悄然等待着可以开出来的那一天。此刻，我想象中的那一天，是缤纷有致的：花儿在次第开放，桃红的、橙黄的、湛蓝的、妙紫的、粉白的……叶芽尽情舒展着，在它们的姿影里，我看到了最惬意的笑窝，听到了最抒情的诗意。河水清浅，岁月安然，站在时光的堤岸，燕语呢喃，远山含黛，近水潺潺，光影迷蒙，山水气象、人潮物景、繁杂世事忽远忽近。

　　阳光暖暖地流淌着，面对清清浅浅的河水，我想起了远处的乡村，想起了乡村夏日的河流，想起了多姿多彩的童年，同伙伴们潜入河床触手可及的河水中，与大小河鱼尽情嬉戏的场景，那种闪躲腾挪、近在咫尺的感官体验，是现在怎么也感受不来的。冬日，老人们总在朝南的墙根下晒太阳，兴之所至，便会唠出一些类似"都市柴门"的佳话。这样的时候，物欲这东西，总是被亮丽而温暖的阳光所淹没。

　　阳光的热度在提升，河流两岸风景如画，恬静安详。步行道和自行车道的人流，慢慢多了起来。有人在阳光下拍照，有人在阳光下散步。在河边散步，看河水清浅，听光影流动，感受人生变迁，原本就是一件惬意的事情啊。

漫步在这深冬的河边，一扬头，几缕阳光色在我眼前晃动，有什么拂在了我的脸上。定睛一看，是几缕柳丝，黄黄的，那是脱光了叶子后在冬寒里浸泡过的颜色。这时候，我注意到了垂柳的存在，放眼望去，河两岸的柳树都是黄黄的，这样的时候，我的脑海中毫无缘由地就跳出一句"冬深柳丝黄"的诗句来。

柳丝垂黄，河水清浅，这是南方的一种深冬景象。但我确信，过不了多久，在季候风的吹拂下，这些柳枝就会由黄而绿，焕发生机，然后冒出翠绿的嫩芽，以千丝万缕的姿态，不失时机地为一方土地一方人传递冬去春来的消息。

偷闲看月亮

　　站在地球上看月亮，月亮像古老的、能发光的瓷盘，不惧冷寂，永远挂结在那么大、那么远、那么凉的天穹。有时候，月亮会藏起来，躲进云影里，躲进山背后；有时候，一阵清风吹过，山影空蒙，月亮更显得高远而孤寂。

　　一位忧伤的诗人说："有人在树梢上养月亮，有人在泉水里养月亮，有人在陶罐里养月亮，有人在窗户外养月亮，而我，把月亮养在泪水里，养在记忆里。"他想象自己是个着一袭白衣，骑一匹白马的人，沿着被残月照亮的一条长路，走成一个悲凉的传说。就算生命覆盖着悲伤，他也会和着泪水，把看月亮当成养月亮，这月亮，就明明白白地住进了他的心房里。

　　月亮是美丽、冷峻、孤寂的，看它的人，大抵是心静如水，不会拥有多么热闹而热烈的心境的。

　　抱膝看月亮，在夏夜，在儿时的田埂上或老家的屋顶上。

幽蓝的天空升起一轮圆月，冷冷的、幽幽的、柔柔的清辉，落在身上，落在夜色里，也落在心坎里。刹那间，便有无穷无尽的遐想。那静静流淌的月光，是如此宁馨、柔美、清凉，在童真的氛围里，不着痕迹地，将烂漫的童心——点染，——开启。

开窗看月亮，月辉清幽，树影幢幢，流年似水，牵引着内心深处的隐秘。那些为情所困的年华，美丽而落寞，在两个人的思念里凸显无遗。思念总是长长的，常常，一不留神，月亮早已消失在逼仄的视野，难觅踪迹。

倚门看月亮，将源于生活的累累伤痕置于脑后，卸下生活的负累，回归月色，回归单纯，接受清辉的洗濯，让灵魂变得安宁和清静。于淡淡的月光下，闻清香徐来，听秋菊盛开，拂去心中的尘埃，悄然入心的，是生命本真的悠闲与诗意。

生活总有例外，看月亮何尝不是如此？比如在丽江，在雪光闪闪的玉龙雪山，白天，常常可以看见日月同辉的场景，那场景，总是那样令人耳目一新。那样的时分，热烈的阳光和清幽的月色绞在一起，绞在难得一见爱和美的氛围里，那相映成趣、和谐入心的场景，是教人不能忘怀也难以忘怀的。

有心之人看月亮，在不同的人生阶段，总会生发出独有的情愫。于是，有了"少年读诗，如隙中窥月；中年读诗，如庭中望月；老年读诗，如台上观月"的说法。古人看月，今人也看月。无论古人今人，偷闲看月亮，都会萌生出对家园的思念之情。谁能不知道呢？千年万年的月亮，在起落循环中的圆满与残缺，原本就寓意着，亲人之间年复一年的团聚与离散啊！

春书里的希望

  20世纪六七十年代，物资匮乏，生活水平低下，精神食粮更是稀缺，在乡下，是很难读到一本新书的。因为大家都没钱买书，所以，我的童年时代是很难闻到新鲜的油墨香的。记忆中的书，除了每年开学时让人欣喜万分、拿到手上包了又包的小学课本外，就数家里的春书——年历书了。

  那时，一本春书只要一毛钱，但舍得拿出这一毛钱买书的人家并不多。当时的父亲，在村里算得上是识文断字的"文化人"，生活再拮据，他每年春节前仍会节衣缩食挤出一毛钱，去供销合作社买上一本春书。

  最开始，我并不明白这本书有什么作用，只知道经常有乡邻向父亲问一些事，父亲便将那本薄薄的、巴掌大的春书拿出来，翻上一翻，看上一看，而后给来人细细讲上一通。问事的人听了之后，总会点着头，说着感谢的话，高兴地离去。

稍谙世事后，我好奇地翻开那本书，发现书中有十二生肖，二十四节气以及详尽的日历等，很多弄不清的农事都可以从书中找到答案。原来，那是一本跟农村生活息息相关的书，足以指导一年四季的农事，怪不得有那么多人上门讨教来着。

有一年的大年三十，一家人围炉而坐，在一起闲聊守岁迎春接福，不知怎么就说到了二十四节气。父亲对我和兄长说："二十四节气很重要，你们得记下来啊。"说完，便找出那本春书，放在了兄长的手上。

这年秋后，我上小学五年级，兄长已在外面念中学了。因为惦记兄长，一天，我将父亲的春书拿出来数他的归期，事后将书往口袋里一塞，就出门找童年玩伴去了。

过了几天，是小寒，父亲猛然想起快过年了，想查查日子，翻箱倒柜到处寻找他珍爱的那本春书。然而，怎么也找不到。我这才记起，那天我将春书拿出去就没有拿回来，是我将书弄丢了。看着父亲急切的样子，我在一旁流着泪，支支吾吾将丢书的事告诉了父亲。父亲听后，并未如我想的那样大发雷霆，揍我一顿，只是摸了摸我的头，说了声"没事"，旋即出了门。

过了几天，父亲到集市上办年货，回来时从怀里摸出了一本书，和我丢失的一模一样，只不过是新一年的。他将春书递给我时，只轻轻地说了句："能背出二十四节气吗？"我点点头，完整地背给父亲听了一遍。

打这以后，父亲就特别舍得给我们兄弟几个买书了，每次卖了谷子和蔬菜后，总要到镇上的书店让我们选几本书买下，放在箩筐里挑回来。那时，村里有很多人不理解，说："只有用箩筐担谷的，没有用箩筐担书的。"父亲听了这些话，只是微微一笑。在父亲心里，买一本春书，是为了熟悉农事，方便自己也方便乡邻；而买其他的图书，开销大了，寓意也更深了。其实，他早已透过春书绵薄的书页，读出了人生希望，看到了知识背景下明媚亮丽的灿烂前景。

心中有条寻躲巷

孩提时期，有一种游戏，叫"寻躲"。有"寻"因有"躲"，或是一个人"寻"，几个人"躲"，或是几个人"寻"，几个人"躲"。事物有了两个方面，便可以以一颗童心优游其间，赢得盎然兴味，飒飒生趣。

在我老家，"寻躲"又叫"捉住"。"寻"的人将"躲"的人捉到了，"躲"的人便必须打住，规规矩矩地站在显眼处，不再躲藏。在纯朴的孩子们眼里心里，有这样的规则在先，这项游戏才有效率和趣味可言。

"寻躲"就是捉迷藏。在哪里"寻躲"？答案是哪里都可以"寻躲"。对乡村的孩子来说，最好的去处还是村庄里交叉错落的小巷。那些村庄里的小巷，熟悉，亲切，有趣。当然，逼仄幽暗处，也会让人生出几分胆怯和恐惧。九曲回肠的小巷，给人梦幻般的感觉，为孩子们构架起一个真实的童话世界。小巷里，古老的民居静静地演绎着地老天荒的人生故事。古旧的砖墙、木板墙、雕花门窗，凝重高翘的瓦檐，忽隐忽现，如久经风霜的老者，静静地坐落于高处，或是向下方凝视，或是向远处张望。

村庄里的小巷，在来去之间，在大人们劳作的身影里，在孩子们的欢声笑语中，该隐藏着多少离合悲欢的生命故事啊？

小巷深处，收藏了岁月的痕迹，把光阴藏得婉约悠长，犄角旮旯，也自然而然蓄满了孩子们"寻躲"的故事。正是这些故事，让一座村庄有了可以传承的底蕴，有了可资咀嚼的性情，有了"众里寻他千百度"的意境。

老家的"寻躲"游戏，在我现在居住的城市咸宁也叫"寻躲"。小区老周是宣传部门的一员，有一次，我俩走在上班的路上闲聊，他有意无意就提到了"寻躲"这项儿时的游戏。当时，市里正在征集香城古街名称，他提出了"寻躲巷"，并做了一番诠释。他认为，"寻躲"除了游戏本身的意味外，一个街巷如果冠以此名，还可以理解为寻找躲藏的人物或宝物，给人无限想象的空间。他甚至建议将具有咸宁地方特色的人物、艺术、传说，以及相关的产品全部集中于"寻躲巷"，让远方的游客来到这里后，足以搜寻到一些"躲藏"着的令人中意的"宝物"，既提升了游客闲游的兴致，又提升了一个地方的吸附力。

五月的一天，我在小区里又遇见了老周。但他的身体看起来很虚弱，大不如从前了。一问，才知道他去年做了肝脏移植手术，身体一直没有得到恢复，怪不得他的状态不好。一番交谈后，我提到了他曾提到过的"寻躲巷"。听到"寻躲巷"三个字，他眼前一亮，明显长了几分精神。可见，在他心中，他念念不忘的还是"寻躲巷"。只是，不遂人愿的事总是有的，他提议的"寻躲巷"最终被冠名"吴楚坊"，这对他来说自然是一件憾事。

"寻躲"是一种乐趣，"寻躲巷"呢？是一份未了的心结与情结。随着岁月的流转，在现代社会里，这种曾经的童真之乐，渐去渐远，慢慢地，只留下在记忆中寻觅翻找的份儿了。

老人和小孩儿

老人头发花白了，小孩儿还很小。风和日丽，老人带小孩儿在广场上玩。有人在卖气球，五颜六色的。

小孩儿对老人说："爷爷，给我买气球。"爷爷给小孩儿买了个红色的。小孩儿高兴地松开小手，稚气地看着一团火似的气球，越飞越高。

小孩儿又说："爷爷，蓝色的会不会飞得更高一些？像天一样高？"爷爷又给小孩儿买了个蓝色的，小孩儿再一次松开小手，仰脸看着蓝色的气球，快乐无比。

老人看着孩子天真无邪的笑脸，问："孩子，还要吗？还有白色、黑色、黄色、绿色的呢！"

小孩儿很懂事地说："不要了，爷爷，两个已经足够了，我想不管是什么颜色，它们都能飞起来。"

爷爷说："是的，不管什么颜色，它们都能飞起来，你知道是为什么吗？"

小孩儿问："为什么呢？"

爷爷说："因为气球的身体内充满了可以让它们飞起来的东西，那就是氢气。"

爷爷顿了顿，又说："人也一样，身体里若是装满了学问，就能'飞'起来，看到别人看不到的东西。"

望着装满氢气越飞越高的美丽气球，那一刻，小孩儿有了满满的渴望飞翔的心思。

小孩儿在长大，跟爷爷学了许多东西，也学会了下中国象棋。

一天，老人和孩子在街上溜达，来到一棋摊旁，有人激战正酣。

老人问小孩儿："一盘棋中，你最喜欢哪枚棋子？"

小孩儿说："车！它进攻迅猛，长驱直入，攻无不克，直捣黄龙，一切障碍都不在它眼里，是当之无愧的大将军。再者，它作战灵活，左右逢源，进可攻、退可守，是象棋中最机动的战将。"

老人笑了笑，说："有道理，但我最喜欢的，还是卒。"

"卒？"小孩儿一脸诧异。

老人说："对，是卒。它不能所向披靡，也做不到能进能退，但它从不横冲直撞，而是稳扎稳打、步步为营。要知道，在人生的每一局棋中，沉着与稳重是最重要的。同时，它身上有一种精神，那就是勇往直前，不后退，不畏惧，总在不遗余力地守护生命中最重要的东西。"

小孩儿笑了，他从老人意味深长的话语中悟到了一些什么。

这以后，小孩儿顺利地考入一所理想的大学，顺利地毕业并找到了一份自己心仪的工作，他的收入足以庇护一家人的生活了。

抽空，小孩儿回了一趟家。当然，彼时的小孩儿已是英俊的大小伙子了。

老人呢，老得不能动弹了，他老去的儿子陪他坐在院子里的桂花树下。老人似乎在守候着什么。

小伙子走进院门的时候，亲热地喊了声"爷爷"。

爷爷没听清，问坐在身边的儿子："是什么声音？"

儿子说："是桂子在叫您呢。"

"谁？"爷爷眼睛看不清了，耳朵也背得厉害。

小伙子凑近爷爷的耳朵："爷爷，是我呢！我回来了。"

爷爷笑了，笑得那么开怀、瓷实、自在，一脸皱纹就像一脸阳光："桂子，是我那出息了的桂子啊！我就说嘛，桂花树结籽的时候，桂子是一定会回来看我的。"

缺憾之美

一不经意，我成了制造缺憾的人。当然，这是我就一件事情对自己产生的看法。

那天，妻子所在的广场舞队"傲然队"要参加市里几家单位联合组织的活动的现场演出。演出前，她发来微信让我一定要去看看。那时，我已下班回家，正端坐在电脑前，忙着处理一些电子邮件呢。

妻子不留余地，说："演出七点半开始，你七点过来吧。"

我问："你们的节目排在第几个？"

妻子说："第五个。"

我肯定地说："那轮到你们表演，起码要等到八点半，我在家做会儿事，八点来吧。"

"那有些晚了。"妻子说。

"那我八点以前来？"我有些犹豫。

"你七点半要来！"妻子嗓门提高了不少，还顺便发了几个队友穿着演出服的自拍照，说："这种颜色的衣服，好找！"

一阵讨价还价，敲定了时间。七点半，我准时抵达演出现场。

见到"傲然队"的时候，妻子快意地为我做了一番介绍："这是队长，龚老师；这是每天一起泡温泉足浴的张老师；这是……"其中有几个认识我的朋友，清脆而亲热地跟我打了招呼。

坐下来，几盏茶的工夫，很快就轮到"傲然队"演出了。"傲然队"一亮相，感觉就是不一样，行云流水，婀娜多姿，变化中显齐整，畅达里显妩媚，也颇有人气。

妻子是其中一员，我有心拍下"傲然队"演出的照片，便打开手机照相机，站到了台前。

演出结束回家，妻子打开手机给我看，已有人将"傲然队"的演出视频发了朋友圈，下面顺带说了句话："就是前面有一个男人的身影。"

有人亮了个笑脸，说："那是叶子的老公。"

看见视频里自己的身影，刹那，一丝不安掠过我的心头："这不明摆着给一个好端端的视频带来了缺憾吗？"

面对妻子，我说："你在'傲然队'群里发条微信，帮我道个歉。"

于是，借助妻子的手机，我表达了以下意思，第一次观看"傲然队"的演出，好心办了坏事，就那么一站，站出了麻烦，破坏了一个本当完整的视频，令我着实有些不安，以后再也不会出这种事情了。

有人立马做出了回应，说："不碍事，欢迎以后每次都来看。再说，画面上出现帅哥，证明我们的舞蹈蛮有吸引力，蛮有魅力，挺好的呀！"

就这么一句话，我顿然吐了口气，释然一笑。

是的，常人眼里，视频上的一抹背影，也许是一种缺憾。但是，欣赏的角度一变，能品味出的，就是一种截然不同的人生情境。

其实，世间，就一件事而言，有没有缺憾，最终取决于一个人内在的感觉，一个人的处世态度。

同样，在凡俗的生活中，一不经心制造出缺憾的人，也许会在不经意间带来另类的缺憾之美，你说呢？

故乡的一把钥匙

　　年届八十、腿脚有残疾、几乎丧失记忆力的母亲，从妹妹家迁来我这儿住的当晚，一个劲儿地找老家房门的钥匙，还说她没看见那把钥匙，因此一晚上没睡着。

　　这事，我是翌日一早进她房间为她料理日常琐事时才知道的。

　　我说："我昨天把您的东西清理了个遍，没看见钥匙啊，是不是放在妹妹家没拿来？"于是，我打电话让妹妹仔细找找。也打电话让昨天接妈过来的兄弟几个想想放哪儿了，或是可能掉哪儿了。

　　妹妹接到电话后，将母亲在她那儿住的房间找了一遍后，回话说："我边边角角都找了，没有钥匙啊。妈住在我这儿时，我也从来没有看见过她的钥匙！"

　　兄弟几个呢？也拨回了电话，说他们也不曾见过钥匙。

我问母亲："您确定带钥匙了？是不是放在老家房子抽屉里根本就没有带出来？"

母亲一听更急了："怎么会，这是你爸生前叮嘱我让我一定要带着的，我前天看见还在。"

听她这么说，我只好安慰她："别急，老家房门的钥匙，我们兄弟几个身上都有的，就算不知道放哪儿了，也没什么大不了的。"

母亲沉下脸，说："那怎么行？那是你爸亲手交给我的一把钥匙，它就是我和你爸的家，前后院子里都有他亲手栽下的桂花树呢，没有钥匙怎么进门？没有钥匙还怎么坐在桂花树下？真是的，怎么可以让它轻易就丢了呢？"说完，她挪动残疾的身体，自顾自地在自己的物品中翻找起来。

见母亲如此急迫，我说："不过就是一把钥匙，急什么呀，我还是再来给你找找吧。"

于是，我把属于她的物品再次清理了一遍，特别是将叠好的放在衣柜里的衣服，一件件拿出来，一件件抖开，又一件件叠好，一件件放回原处，尽可能不放过任何容易忽视的地方。

全部清理完毕，我肯定地说："没有啊。"母亲听我这么一说，神情异样，更显出万分失落。

就在这时，我想起母亲还有一个钱包，是用来装身份证、户口本、医保卡、就诊卡等小而重要的物品的。于是我拿过她的钱包，一翻找，果然，那把钥匙安安静静躺在钱包里。

看到钥匙的刹那，母亲紧绷的脸松弛了下来，露出了平日就有的柔和笑意。

　　我怎么也没有想到，一把小小的钥匙，会有如此的魔力，竟可以左右母亲的行为举止、欢喜哀愁。

　　在得知钥匙找到后，兄长发微信说："桥边的钥匙，就是她心中的家。"

　　是啊，于母亲而言，一把钥匙就是她的家园，有了这把钥匙，她就能看见故乡的模样，就足以在寂寞岁月里，守住日月轮回中逝去的美好旧时光。而留在钥匙上的有关父亲的温度和记忆，又何尝不是母亲心驰神往的生命天堂？

　　于我们而言，母亲的这把钥匙，以及母亲寻找钥匙的情态，无意间开启了我们的心灵之锁，启动了我们思念的闸阀，让我们一下子就回到了熟稔已久的桥边——那个可以惦记、可以触摸、梦回千遍、不能忘怀的一生一世的去处。

秋风起落，木叶摇黄

时光，总是像猫一样，从身边悄然走过，就算是多汗水的夏天，多咸涩的夏天，亦是如此。

那是一种偶然，我站在窗前，站在满眼纷红骇绿的夏日氛围中，倏忽间就看到秋天了。那一刻，一阵清风掠过，一大片树叶在视野里翻卷倒覆，亮出了背面浅浅的色调。这色调，与周边的沉绿形成了鲜明的映衬。也就在这一刻，我看见翻覆的树叶间，分明有一叶闪亮的夺目的嫩黄。我想，这黄，不是秋又是什么？

一叶黄知夏去，一叶落知秋来。秋天，说来就来了。秋，是收获的季节，也是情思激荡的季节，是足以让人生出诸多春花秋月般的感想的。

我的感觉中，乡村的秋天是丰富的，是悬挂着色彩的，是林立着实实在在的美丽想象的。枯荷断蓬、芭蕉小鸟、牧歌烟火、田畴稻浪、瓜棚草垛、斜阳归人……以它们的朴拙无华，一回回，让乡村的秋天长满了不可复制的田园屡景。

美好的秋光，带给我们收获的愉悦，让我们在暖暖的秋阳下感念着，收获着，拥有生而为人的恬适心境。秋光，不是声色犬马，不是美梦黄粱，它有如一杯含情的暖茶，散发着秋阳浸染后的温馨、芳香。

秋日终归是忙碌的。忙碌的秋日让我们感觉实在，心生慰藉，就像我们年轻时一次次走入考场，一次次寻找生命和理想的出口时，所具有的感觉一样。

若得忙里偷闲，枕一枕秋雨清点烦乱多感的心思，一不经意，就可能带出生命中的风风雨雨，带出丝丝缕缕的愁情别绪，带出明明灭灭的或甜蜜或忧伤的回忆。

中秋佳节如期而至，这个传统的节日，这个上了年纪的人都很看重的节日，虽然较以前节味淡了许多，但老人们依然会郑重其事，依然会把这样的日子演绎成团圆吉祥、幸福快乐的人生节点。

中秋的惬意，莫过于在老家的院子里，一家人坐在桂花树下，闻着馥郁的花香，看满月当空，话国际国内，话家长里短，话农事田桑，而后围在一起吃一顿可口的饭菜，再吃一块满溢乡情亲情味道的月饼了。

记得物资匮乏的那时候，一家人能买上一块月饼也就不错了。八月十五晚饭后，父亲才将月饼庄重地拿出来，按人数切成小块，让每个人都可以亲口尝一尝月饼的滋味。脆黄脆黄的月饼，香呀，舍不得吃，总是留着一点儿一点儿地掰着吃，甚至一粒一粒地抠上面的芝麻来吃。那时候，一小块切开的月饼，是足以教人在吃过之后回味好几天的。

巅峰般的秋天，耸立在心灵最柔软的地方，纷繁而富有人情味。秋天，这一朵饱满的生命的云，总是那样绚烂而静寂，丰硕而安然。

秋风起落，木叶摇黄。秋天来过，冬天也就不远了，一阵冷风掠过，所有的日子开始有了归根的心思。春呢，躲在冬的后面，藏在那句瑞雪兆丰年的、永远的、生生不息的美丽农谚中。

人情暖，饭菜香

　　从客观上说，饭菜香不香，可不可口，与厨师的手艺有关，甚至与做饭用的水的质量有关。从主观上来说，饭菜香不香，可不可口，与人生际遇、环境氛围有关，与一个人的心境、心态有关。

　　无论是城市还是乡村，生活中，常见这样的场景：窗外飘着鹅毛大雪，窗内温暖如春，一家人围坐在冒着热气的丰盛的饭桌前，吃着菜，喝着汤，享受着亲情的温馨。屋子里热切着的，有含笑的老人，有说笑的后辈，还有吃饱喝足了在一边玩耍的孩子。应该说，这是一家人聚集之时呈现的最和谐最美满的情景。

　　有首儿歌这样唱道："饭菜香，饭菜香。吃光光，吃光光。吃呀嘛吃光光呀！身体棒，做栋梁。国富强，国富强。国呀嘛国富强。嘿！"这样一首简短的儿歌中，包含有长辈对下一代的关爱之情，也包含有对粮食的珍惜之情，更包含着生而为人应该具有的爱国之情。孩子们也就是在这一餐一顿的饭菜香中，学会尊老爱幼，学会爱家爱国。当然，孩提时期，一个孩子吃饭香不香，从侧面说明了这个孩子的身体状况；同时，一个孩子吃饭的习惯好不好，也会影响他的品性以及其以后为人处世的作风。

故园，始终有一种抹不掉的人间暖情。清晨，温煦的阳光照着，菜畦透着碧绿，一些熟悉的花在风中招摇。门口池塘碧荷田田，散发着一股淡淡的清香味。红蜻蜓在小荷尖尖处纷飞抑或伫立，小鸭子自在地在荷叶下嬉戏觅食，时不时发出几声欢叫。

晚炊的烟火升起来的时候，丝丝缕缕诱人的饭香菜香，和着乡土气息飘溢在了空中，又到一天中最温馨的晚饭时间了。

以前的乡村夜晚，晚饭后讲故事、听故事是不可或缺的一项生活内容，这也是孩子们一天中最翘盼的时分。村子里的庄爷，肚子里故事多，《三国演义》《水浒传》《白蛇传》《二度梅》《岳飞传》等，他都记得滚瓜烂熟，讲起来也绘声绘色、引人入胜。孩子们总是不依不饶地围着他，听得津津有味。直到大人们一催再催才恋恋不舍地离开。

人间情暖时，饭菜香出的感觉是妙不可言的。记得有次一家三口外出南宁旅行，原定到达目的地再订房间。哪想火车晚点，原想住的酒店已经客满。情急之下，给一位当地朋友打了个电话，他二话没说，就开车赶了过来，帮我找好了住处，还开着车子在市区里把值得一看的地方全部转了一遍，当了一次免费导游。

最后，他带我们去了一个繁华的饮食区，进了小店一个雅致的小间，里面的桌子擦得很干净，装着小巧绿色植物的精致玻璃瓶摆在桌面上，室内轻音乐回绕，给人爽洁清雅的感觉。坐下来，点了足够分量的美食。品尝着他乡美食，听他侃侃而谈当地风土人情，我们于顿然之间，体味到了身在异乡拥有朋友的温暖和快乐。

告别时，我握着他的手说，我所在的城市有山有水，有温泉，有桂花，也有别致的风情休闲小吃，他有空闲去的话，我一定带他好好领略一回，请他好好品尝一番。

人间情暖，饭菜生香。是人，都明白"民以食为天"的道理。我想，很多情况下，人与人之间的交往，注定会落实到一饭一菜之中。怪不得有人说"人情是扇窗，飘着饭菜香"啊！

一盏旧时光

　　没有人不感念旧时光，旧时光是人生的过往，是人，一不经心就会沉浸在对过往时光的怀念里。具象地说，旧时光就是一盏茶、一杯酒、一炷香、一缕烟……

　　闲下来的时候，总会毫无缘由地想一个人，在一盏茶的时光里，有轻轻淡淡、或远或近的记忆，和着茶香，在过往的空间和现实的空间里飘过，或许，有些落寞，有些茫然，有些怅惘。恍恍惚惚的记忆，像一根飘带，飘在脑海里，飘在忽隐忽现的情感纵深处。

　　茶叶在杯子里沉浮起落，茶香一点一滴地淡去。记忆的闸阀一旦打开，是不容易再关上的。沉睡在记忆中的岁月一分一寸鲜活起来，成为值得慢慢回味的心灵故事，在老去的年华里，让你感慨，让你唏嘘，让你或哽咽或欢喜，让你沉醉而沉溺。

　　这些被风霜雪雨泡出来的故事，涌现在记忆里的旧时光，或悲或喜，或苦或甜，或酸或涩，适合一个人静静地、细细地回味。

有人说，旧时光是个美人，它让你有醒、有梦、有惊、有叹，也足以让你辗转反侧。它有时候像黑夜的灯光，一盏一盏地熄了，却在你的心里透亮着。是的，旧时光更像一个画中美人，古意盎然、优美无比，却常常显得模糊而遥远。但它总是这样模糊而遥远地铭刻在一个人的心里，就像那个梦中的美人忽远忽近的一串笑声，美好又温软，清灵又动听。

也有人说，旧时光是暖暖的，就像是有情人的臂弯，让另一个人在睡梦中含笑呓语，脸庞泛起含羞的红晕。

旧时光最适宜在夜晚咀嚼。入夜的氛围里，一个人站在窗前，看群楼灯火闪烁，想每一盏温馨的灯光下，都有属于那方天地的柴米油盐、酸甜苦辣、喜怒哀乐……便有一波一波的旧时光如期而至，汹涌着，荡开尘封的记忆。

有月亮的夜晚，月色是对旧时光的一种渲染，旧时光的柔和美好缠绕在银色的月光里蜂拥而来，抬头低头之间，旧时光的影子都会茶水一般直入肺腑。

沉溺在旧时光里，少不了对食物的怀念，那些粗粮细作的食物，永远以不一样的味道，不一样的姿态，伸展在生命的章节里，它有着与手中的茶水截然不同的意味，它是生命中永远的结，挥不开，抹不去。

生活中，有很多让人愉悦的东西，碎片般散落在生命的角落里，如一盏旧时光，这种生命中不一样的遇见，与世态无关，与房子无关，与灯光无关，只与心境有关。

"取一壶旧时光慢慢煮。"这种化境，是怎样一种超脱，是怎样从生活的苦难困厄中彻悟出来的人生际遇？烹煮一盏旧时光，不慌，不忙，不急，不躁，不畏，不惧，身边如光阴潺潺流过的，唯有岁月静好、万物咸宜。

从一盏旧时光里走出来，我们有了内在的从容、安然、自若。那些有缘闯进我们生活的，都会成为生命中至美的风景，我们泰然地接纳着这世界的惊喜，开成晚来的、芳香犹在的花，默然坐落在可以预知的、不长不短的岁月里。

谁可与鱼语

　　阳光下，水盆里的鱼，轻轻地摆动了一下尾巴，似乎在述说什么，但它究竟说了什么，我无法听见，更无从感受。我只听见轻微的水响，梦一般潜入我的听觉世界，而后在我的思维世界荡漾开来，泛起谜一样的心灵涟漪。

　　恍惚间，我看见湛蓝的天空里有一只鸟飞过，这一刹那，鸟影刚好与鱼影重叠，我的想象纷飞起来，鱼幻化成鸟，跃出水面，飞鸟一样，飞向自己想要到达的地方。

　　这一刻，我眼前掠过的是一个关于鱼的壮美的情景：

　　海中一群鱼，为了产卵，为了生命的接续，千方百计从海洋洄游到内陆出生地——它们记忆中的河流。回家之路，惨烈而悲壮。要飞跃成群灰熊守着的大瀑布，跃过大瀑布的鱼已经筋疲力尽，还得面对数以万计的雕的猎食，只有极少的幸运者才可以躲过追捕。耗尽所有的能量和储备的脂肪后，鱼们游回自己的出生地，完成它们生命中最重要的事情——产卵。在受完精产完卵后，安详地死在自己的出生地。新生的鱼破卵而出，沿河而下，开始了上一辈艰难的生命之旅。

这些鱼，这些使命之鱼，在生命接续和延续的过程中，给我们带来的，是何等壮美的心灵震撼。这种令人流泪的生命大美，如一首歌中所唱："这是一条鱼的追逐，一条鱼爱上了同生在池塘中的莲花，在夜晚降临、奇境幻生之时，徐徐落下了一朵莲花瓣，在花瓣碰触水面的刹那间，鱼随即卷入了奇妙的幻想世界，在流水中追逐不可触及的一抹光华。"

这是一瞬便成永恒的爱的光华，是无可辩驳的爱的光华。这个世界，只有爱，才足以让生命无所畏惧地走向一去不复返的最后一刻。

在阳光里，与水盆里的鱼对视，我不知道它想说什么，也不知道它这一生到底等到了什么，但从鱼的眼睛里，我看到了亘古就有的一程接一程地延伸着的生命的快乐、生命的责任、生命的忧伤。

第四辑
灵魂里住着天鹅

风，可以让灵魂飞翔；云，可以让灵魂轻盈洁白；一只鸟，可以叫醒灵魂，让它不再沉睡；而一个人，可以让另一个人无论何时何地，心中都满满当当地装着向往、渴望、幸福、美好、安宁。

雪念乡愁

　　每一朵六角形雪花，以全部的白，覆盖江南。含情绽放的梅花，招摇在积雪的青石巷里，压低的雕花拱门，陷入的，是深深的乡愁。

　　时光飞逝，一溜进飘着年味的腊月，日子便紧缩起来，街上摊贩高高低低的叫卖声，熙来攘去的人流，南来北往的车流，成就了腊月逶迤的风景。这被白雪覆盖的寒冬腊月，空气凛冽却清新，坐在书房里，拥着电火炉，恍然间，那飘飞的白，便在寂寂的思绪里，搅动了绵密的雪念乡愁。

　　"今冬麦盖三层被，来年枕着馒头睡"，年关了，雪念总是应运而生，乡愁总是如期而至。走出户外，雪花柔柔地落在脸上、手上、身上的时候，年的氛围便浓得化不开了。走在人迹稀少的去处，踩出清晰的脚印，看看雪后的景象，感悟人生的快乐，又该是多么有情趣的一件事情啊。在野外，聆听雪落的声音，雪声静静的，不露声息，宁静中隐匿的，是许多温暖美好的人生回忆。这样的时分，时光柔软，日月情深，让人生刹那之间便有了分明的、希冀一直停驻下去的心思。

想着母亲，想起母亲弯腰烧着灶火的模样，以及母亲拄着拐杖一步一颠去鸡棚喂鸡的情形，乡愁便益发黏稠浓郁。想起母亲，便不得不发出"掉头一去是风吹黑发，回首再来已雪白满头"的喟然长叹。

找不到萤火虫还找蒲扇——这是一种根深蒂固的化不开的乡村情结。于是，所有的日子，只要得空回家，我除了给母亲剪发，做得最多的事就是劈柴、烧火、喂鸡。劈柴烧火，最能让我领略人间烟火滋味，更让我得以一次又一次从柴草中感受亲情乡情。当柴火在火塘里燃起，炊烟通过烟囱飘出户外的时候，恍惚间，我闻到了饭香菜香，更闻到了乡下老家特有的生活气息。喂鸡呢，先要备好鸡食，将一些剩下的菜梗、菜叶子之类剁碎，加上一些米糠，拌以剩汤剩水，于鸡而言，便是一顿美味了。鸡吃得欢，蛋便生得勤，这可真是化腐朽为神奇的好事。每次从鸡窝里捡起那刚刚生下的带有热度的鸡蛋，心底便会涌起无言的快慰、满满的欢喜。

白雪，静静地飘过；乡愁，静静地滋长。山峦树木挡不住远去的心绪，一如寒冬割不断春风的吹送。风中传来母亲干涩的声音："累了就歇歇，别那么拼命，别自己绑架自己。"我何尝不知道，这样平实的话语，原本是母爱以温暖的方式，在岁月长廊中一次又一次地堆积凝聚啊！

转眼又是春天，记忆，在雪光中飘过。雪后的春天，草木萌动，万物生长，一切，是那样明媚美好。岁月因走过而美丽，生命因经历而丰盈。雪念，是探寻春天的眼瞳；乡愁，谁说不是唤醒情感的生命脉动？

老物件里的旧时光

　　老物件，顾名思义，是淡出生活舞台的一些东西。在过去的岁月里，也许这些物件是平常易见、普通不过的一些东西。只是，在流光的走向里，它们的身影渐渐被生活的烟尘覆盖，甚至掩埋，一不留神，就成了引人珍视的回忆和怀念。

　　时光这东西恰似握不住的沙粒，抓得越紧，溜得越快。毋庸置疑，一切物件都会演变成老物件，一切生命时光都会演绎为旧时光。老旧的事物拥有的是不可小视的附加值，老物件像陈酿，越久越香醇，比如一块停摆在某时某刻的手表、一台再也踩不动的缝纫机、一辆锈迹斑斑的自行车……都足以勾起我们对旧时光的追思和回溯。旧时光泛着苍黄温暖的光芒，如父亲宽厚的手掌，似母亲慈爱的眼神，有时还像空气中氤氲的爆米花香。当然，你若在旧时光中醒过神来，也会由心而生"回不去了"的人生感想。

四十年前，我居住在乡下老屋。时至今日，乡下老屋依然在我的脑海里存留着许多记忆。那儿有熠熠闪烁的煤油灯，有青石围成的火塘，有挂在门上的铜锁，有老式的桌椅板凳和雕花床，有属于母亲的泛着暗红光泽的梳妆盒，尤其是那个装有连环画的小木箱一直清晰地嵌在我的记忆中。更有那与食物有关的老物件，诸如吊锅、耳锅、灶台，每每想起，就有食物之香和亲情之爱在味觉、嗅觉、听觉、触觉之间悠然往复，萦回环绕。

　　老物件，带着人文的、历史的气息，凸显在多姿多彩的现代生活中时，总能够或多或少地唤起我们对旧时光的感念。我曾见过一处古朴雅致的别墅式庭院，以十几个磨盘围成篱笆，磨盘石质厚重、古朴典雅，在磨盘篱笆前面，摆放着一个青石牛槽式的鱼缸，几尾锦鲤在其中游弋。房屋窗户镶嵌成传统的木格子窗，原木的颜色，原木的框子，一道道细细的木纹，散发着树木的清香。走廊尽头，以同样的质材做了个矮门，隔出了小院，矮门外是一小片竹林，清风吹来，竹影婆娑。这种现代"老宅院"，带出的分明是古色古香的历史韵味、人文气息，让人足以在这些老物件里充分回望过往的时光。凡俗之人，一旦沉入"雕梁画栋""残垣断壁"构架的旧时光，就会不期而然多出一种古朴而考究的心境，多出一种经得起推敲的人生雅趣。

　　都说物是人非。其实物也好，人也好，都会一不经意便不见了踪影。好在，人有人的灵魂，物有物的灵性，有了这两样东西，一切，都可能重逢，一切，都可能再现，一切，都可能在午后的阳光下，通过一个老人的心无旁骛的阐述，变得通达、透亮、美丽、安详。

　　老物件里的旧时光，无论日月更替、风云变幻，都在那里。它总是以缥缈细微的触角，勾画着旧日岁月的情愫；以模糊久远而低调的光晕，渲染着生命长廊中淡淡的惆怅和感伤。

路上的母亲

　　天光云影，陷落在黄昏的细节里。夕阳，在齿痕般的远山背后，以滑翔的姿态，沉入海底，沉入恢宏的寝床。黑夜，悄无声息地，登上高高的山岗，召来了星星，召来了月亮。

　　晚归的母亲，踟蹰在路上的母亲，一步一步，以她的人生经历，刻画质朴而深情的想象。

　　路有尽头吗？如果有尽头，它又蜷伏在什么地方？如果没有尽头，那又该是怎样的走向？母亲啊，您当然知道，路的前头，泛着永远的亲情和爱的光亮。

　　一阵晚风吹过，入肤的清凉，掠起您泛白的头发，这样的时候，唯有树叶，在耳畔沙沙作响。风从天际吹来，它为何就吹不动星光？风有足吗？倘若有，又为何听不见脚步的声响？母亲啊，您感觉得到吗？风，其实是有手的，很多的时候，它的轻轻的抚摸，对人生是一种抚慰，就像您的手，曾经一次次抚爱您的孩子一样。

月光的质地如此清纯，我听得见，您踏着远远的月光而来的足音。当月亮躲进云层，白杨树沉入寂暗，我分明听见，您的心，在胸腔内怦怦跳动。天穹恰似一口倒扣的巨大黑锅，您走在锅底下，何时能摆脱这种黑寂？母亲啊，这样的时候，在亲情的守望里，您没有理由止住脚步不再前行。

月亮挤出了云缝，牵念的线绳，系在月亮的纽扣上。母亲，我多想坐在童年的摇篮边，给您唱支歌，唱一支岁月深处的月光曲，美丽、悠扬。母亲，我知道，您的心思永远是清甜、柔美的。当然，您也有沉郁的时候，世事无常，您又怎能不担心，生活的风雨，会在不经意的时候，摧折孩子们的翅膀？

我想起了十月，那个收获的时节，想起了那个没有星星也没有月亮的晚上，空旷的户外偶尔有几声狗吠，您将我带到了这个繁复的世界上。母亲啊，此后的生活，您多了一分负累，多了一分沉重，也多了一分欢快，多了一分希望。

是种子，总是要发芽的；是花树，总是要开花的。如果有一天，您精心培植的那棵树开出迷人的花朵，母亲，那该是您，在生命旅途上一点一滴攒下的微笑吧。

父亲的生日

　　那是多年前的事了，一家三口尚未团聚，每当夜色笼罩的时候，我大抵都坐在迷蒙的灯光下，自由自在地读书、看电视。可读累了看累了从书页间抬起头来，或离开荧屏走向窗口时，总感到身边缺少点儿什么，我的情绪开始被一种淡淡的忧愁笼罩。当我透过夜色遥望远处的灯光时，心头便会泛起一缕温馨，我真切地感到所欠缺的正是亲情的滋味。

　　这样的时候，扩散的思维总像喷泉一样让我想得很多很多，但让我特别挂念的是我的父亲母亲，那时，他们的年龄在我的记忆中没有一个清晰的概念。但凭直觉，我觉得父亲这些年老了许多。每次回家，都听父亲说，谁谁不在了，谁谁过世了。有一次，他这样说着的时候，我的心头变得格外沉重。为了减轻这种沉重，我抬头看了一眼开阔的天空，一朵白云在湛蓝的天空缓缓移动。父亲说这些人自小跟他在一块儿长大。父亲平静地述说着的时候，眼角有些湿润。我再一次将目光扫向天空时，看见几只云雀欢快地鸣叫着穿越视野，让丽日风清的乡野显得格外静谧、安宁，那朵白云却杳无踪影。我感到，生命之流正一点一滴地流失，很多美丽的事情，在你拥有它时，你很难感受它的美好，而一旦你不在意，它就会永远消失在你的生命之中。

这样的夜晚，我孤单地陷在沙发里，品尝着寂寥的滋味。我还算年轻，而父亲呢，已经苍老了。他本是有一群儿女的，可他们长大成人后天各一方，像云雀一样构筑自己的梦想，奔自己的前程去了。父亲偏执地留在他的乡村，留在用自己的一生编织的怀想里。我又怎能感受不到父亲一样的孤独和寂寞？

我忍不住拨通了那个烂熟于心的电话号码。我只是怀着一种与生俱来的亲情向家人道个平安问个好。却不知道这个电话对父亲来说别有一番意味，显得如此及时和重要。电话那头父亲听出是我的声音，显得异常激动，他说："孩子，你记得明天是我的生日？谢谢你打来电话。"我在电话这头怔了一下，立马反应过来，笨拙地应了一声："爸，愿你生日过得快乐些！"父亲在电话里絮叨着，我虽然看不见，但我从电话里听得见他幸福而满足的神情。

搁下电话，我取下挂历，查找并记下了这样一个日子，农历四月十三日——父亲的生日。

说来惭愧，在这之前，我知道父亲母亲记得我们兄妹几个的生日，我也记得妻子的生日、儿子的生日、自己的生日，却没有在意父亲母亲的生日。就这么一次偶然，让我实实在在明白了一个道理，其实，为人父母的在情感的一隅也很脆弱，特别在他们年迈的时候，更需要受到关爱和重视，更需要得到亲情的抚慰，对于他们来说，所剩不多的日子里，生日不重要，还有什么日子更重要呢？

我不知道别人如何，但我知道自己曾经没有过问过父亲母亲的生日，直到我打了那次电话之后。

身为人子的人啊，在你头脑中萦绕着很多事情，特别是你的心中有诸多牵挂的时候，你记得你父亲母亲的生日吗？！

画面感

　　演唱排练，指导老师说得最多的一句话就是："脑子里要有画面。"在他看来，演唱比赛比的不是节奏的快慢，不是音量的大小，而是一个人是否全身心投入在音乐的意境之中，唱出由内而外散发的情感。一个好的歌者，在歌唱的时候，最重要的，是充分体现一支歌曲中所蕴含、所承载的情感。这就要求歌唱者头脑中必须呈现相关的场景、相应的画面，并且为之动容，为之陶醉。

　　唱《香喷喷的咸宁》，头脑中该有怎样的画面？一阵轻风吹过，桂花香飘，天上地下，无处不在。这是八月，这是金色的秋天，桂花花香香透了一方土地，香到了每个桂乡人的心坎里。投入的指导老师呢，以丰富的面部表情和肢体动作演绎着无处不在的花香，他的眉毛在跳，他的眼睛在动，他的鼻子在嗅，他的嘴巴张合出一道道传神的笑纹，仿佛每一个音符都是从他身体上的毛孔里汩汩地流出来的。他的表情动作，就那么自然而然地嵌入我们的脑海中，成为一幅幅精彩绝伦的画面，将我们带入了被花香陶醉的情境之中。

这是一种立起来了的画面感，是从每个雀跃的细胞、每根快乐神经里面抽离出来的带着情感色彩的美和好。因为画面感的存在，也因为画面感的渲染，一支曲、一首歌，该动的地方，该活的地方，便都动了起来，活了起来。

通过演唱排练，我体味了柔美的音乐所具有的画面感。事实上，就所有的艺术而言，有画面感的作品，大抵就是值得称道的作品。如朱自清的《荷塘月色》，就是画面感很强的一篇散文："曲曲折折的荷塘上面，弥望的是田田的叶子。叶子出水很高，像亭亭的舞女的裙。层层的叶子中间，零星地点缀着些白花，有袅娜地开着的，有羞涩地打着朵儿的；正如一粒粒的明珠，又如碧天里的星星，又如刚出浴的美人。微风过处，送来缕缕清香，仿佛远处高楼上渺茫的歌声似的。这时候叶子与花也有一丝的颤动，像闪电般，霎时传过荷塘的那边去了。叶子本是肩并肩密密地挨着，这便宛然有了一道凝碧的波痕。叶子底下是脉脉的流水，遮住了，不能见一些颜色；而叶子却更见风致了。"你看你看，这是多么美妙、多么灵动、多么细腻的一幅幅画面啊。

在绘画艺术上，画面感更能体现一个画家的天赋和作为。画家若能赋予不能直接画出来的东西以画面感，所画出的画也就有了立意，有了不同寻常的味道和意境。

北宋皇帝赵佶喜欢绘画，是个善于画花鸟的高手，而且特别注重一幅画的构图、立意、意境，据说他常常以诗句为题，让来朝廷应考的画家按题作画。有一次，他让画家以"踏花归去马蹄香"为题作画。有的画家在"踏花"二字上下功夫，画了许多的花瓣，归人骑着马在花瓣上行走；有的画家煞费苦心在"马"字上下功夫，画中的主角是一位跃马扬鞭的少年，在黄昏斜照里疾速归来；有的画家在"蹄"字上下功夫，画了一丛花和一只醒目的马蹄子。

唯有一位画家匠心独运，他着眼于这句诗的诗眼，以画面表现出"香"味：黄昏之时，一个在外游玩了一天的人打马归来，马儿疾驰，马蹄扬起，几只蝴蝶追逐着马蹄蹁跹飞舞。正是这幅画，让宋徽宗赵佶连声称赞、欢喜不已。为什么？因为这幅画切正主题，将难以表现的东西以鲜活的画面充分地表现了出来。

还有《竹锁桥边卖酒家》《深山藏古寺》《蛙声十里出山泉》等名画佳作，无一不是深得题意，下笔点染出了恰到好处的画面，让画面溢出了美妙的意境。

艺术有了画面感，既能创造出教人喜闻乐见的精品，又能激发人们无穷无尽的想象；生活有了画面感，就会变得处处有生机，兴味盎然。

晨光云霞倒影

　　于一个寻常的日子，一个没有雾气的早上，走在清新爽洁的河边，走在徐徐打开的晨光中，走在平平仄仄的生活节奏里。

　　清风吹过耳际，鸟语萦回耳畔，城市的气息在空气中弥漫。就算是在冬天，太阳升起的地方依然是那么温暖，几绺白云往那儿一挂，便变成了绚丽烂漫的云霞。远处的白云依然白得率真、轻盈，如梦似幻。有的轻淡如丝，有的稠密如絮，有的飞泻如山涧，有的宁静似湖水……这一刻，我的感觉里，云霞的色泽让"近朱者赤"有了更清楚更明白的诠释。

　　正眼看太阳，收回目光的刹那，眼前的树枝蓦然间就结满了葡萄紫的小太阳，望向蓝中泛白的天幕，依然有一些圆圆的太阳的影像在天际、在眼前晃动。我知道，这是视觉暂留现象，也是光影产生的神奇效应，并非我的视网膜出现了什么问题。

　　早晨的阳光让飘逸而来的白云有了热度，并为之镶上了模糊而美妙的金边。阳光的亮色带出的温暖，让世间万物有了苏醒的意味。远远地，我看见枝丫上啁啾着的有些倦怠了的鸟，闪眼间，铆足了劲儿，箭一样，发出一声响亮的鸣叫，向有热度的方向闪电般急骤飞去。树梢空落着，曳了一地空落却画意十足的长影，成就了一幅意韵生动的天然水墨。

　　晨风初起，一束束阳光射过来，随树梢摇摆，树叶落入水中，惊动了平静的河水。于是，思绪也随之涟漪般扩散开来。清亮的河水中，总有河藻在闪闪烁烁的亮色里漂浮涌动，顺流而去。汩汩流淌的河水，倒映着绚丽多姿的云霞，呈现出清凌美妙的画面。水中的天空，恰似一片橘红色的海，深邃、丰富而灿烂，太阳孕育其中，找寻着喷薄而出的机会。而那些披挂在近处的白云，构架出美不胜收的情景，或像条条彩带，或似层层梯田，或如绵绵群山，形态万千，多姿多彩。

　　微风吹过河面，水波轻漾，房屋和树木的倒影在水中生姿，变换出五彩缤纷的立体图案。倒影的纹理像有情人的媚眼，飘出炫目的波光粼粼的色泽，让坚硬冷峻的楼群变得亮丽而柔情。宽阔清亮的水面，让这座城市益发美丽清新，三三两两的水鸟点缀其上，恰似一个个灵动的音符，带给人们安逸、自由、散淡、吉祥的心境。一条木船自河心划过，在水面拖出长长的燕尾似的水影，凡俗生活的气息，在船夫一个响亮的呼哨里，在光影跃然的水面上，悄然弥漫。

　　桥影绰绰、柳丝绵绵、冬桂幽幽……所有招摇在水中的影像，所有存在于这方天地的物象，在美妙的晨光里，各自坚守着心底的执念，酝酿着时光甬道上的新气象。这气象，是润泽，是更替，是交融，更是抚慰。元好问说："看山水底山更佳，一堆苍烟收不起。"面对眼前的情景，我也在心里说："看景水底景更佳，一泓斑斓收不起。"

世界如此美好，生命如此美好，就像这晨光云霞倒影。其实，所有悄然而去的美丽时光，一直都在，它有迹可循地，隐匿在每一个可资回味的生命个体中。

听见春天的声音

　　人，总是要适时地放松一下自己的，不为别的，只为让大脑得到解放，让身体得到休息，特别是到了接近退休的年龄，这样有意识的放松，这样有心的自我关照，也许会更多一些。

　　于我而言，一天中最愉悦最放松的时光，是走出门去，走向野外，走向青山绿水。或是相约结伴而行，或是独自一人信步寻访。走在阳光丽日或春雨绵绵的路上，我可以看见沉船和落花，蝶舞和蜂飞，可以听见清风的私语、白云的歌唱、小鸟的另类情话，可以触目小草悄悄地从土壤里挤出来，浅浅的，嫩嫩的，绿绿的，不断丰富春的色彩、春的韵律、春的篇章。

　　沐着暖意融融的春阳，我感觉，生命只要一低垂，一着陆，原本可以这样自由快乐，这样生机盎然，这样接地气，一切的一切都是新鲜、从容、美好的。我可以像众多在春阳下闲散行走的人一样，享受阳光，享受生活，享受大自然优美无比的赐予。我喜欢春风吹拂下自由呼吸的氛围，我爱听小草的每一个细胞膨胀分裂的声响，我遐想着根冠在土壤里与泥沙碰撞摩擦的动静，我感受着清风拂过草尖散发的细小声浪。所有细微的情节，所有美妙的律动，都足以激活我逼仄的想象，丰富我滞涩的灵性。

坐在春花冠盖的凉亭下，捧一本闲书，冥想的一刻，我听见春风在奔跑，在诗一般的意念中伴红尘翻飞，它着意要唤醒去冬的沉静；我听见春雨在欢歌，淅淅沥沥，缠绵多情，轻快的和声、应时的舞蹈，交织出自然赐予的天籁乐章；我也听见春水在奔流，那月牙般的河流，闪烁着春天的色泽，带着与生俱来的温馨，欢快地流向远方，两岸的杨柳绿了，桃花红了，风景美了，人心暖了，生活醉了……由心而生的风筝，在蓝天白云下，在清亮如春的欢笑声中，有韵有致地飞翔。

置身烂漫的春天，在我心里，最惬意的，还是一朵一朵、一簇一簇、一树一树、一片一片、一坡一坡的花开。这美妙的花开，你可否听见？是那种柔柔的、暖暖的、细碎的、清澈的声音，它们开着开着，就笑成了岁月绝妙的回响。它们笑得那么自在，笑得那么坦然，笑得那么明媚而鲜艳。

春光的使命，总是要点亮一些什么。春光里的树木园林，换上了新的装束，妙不可言的色彩，以轻歌曼舞的姿态，一点儿一点儿，就沉入了你的内心深处。衣着简朴的园丁，或起沟，或松土，或修剪，或栽植……我看见他们的脸庞，有春风拂面的欣慰，我听见劳动工具发出的声音，阳光般质朴而动人。

在这个飘落与生长注定要并存的季节，我走在路上，走在时间的沟回里，走在岁月的进程里，就算有树叶飘零、雨水飘洒，也无半点儿感伤可言。相反，在飘零和飘洒之间，总有一种意蕴弥漫于胸，教人激奋，教人动容。我能感受的，是春天推陈出新的魅力；我能了然于胸的，是"好雨知时节，当春乃发生"的人间情景。

忽然，飘飘洒洒就下起了星星小雨，细小的雨点打在潭水里，滴在青草间，溅在河面上，沾在花丛中，将流淌的春意渲染得酣畅淋漓。这是人间芳菲四月天啊，一切，都是那么活泛，一切，都是那么迷人。这样的时候，沐着细细的清爽的春雨，在纵横交织、优美无比的春天的声音里发一回呆，可以抛开的，是世事的繁芜、纷乱的思绪，可以融入的，是明媚欲滴、触手可及的大好春光。

东风欲绽心中朵

　　看到了满眼的花，一簇一簇的；瞭到了白白的云，一团一团的。自然而然就想到了朵，想到了这个注定要在心底绽放的中国字。

　　平日里我们说朵，说得最多的，还是一朵云、一朵花、一朵笑意、一朵秋光、浪花朵朵等，当然，还有很特别的一个朵，那就是耳朵。

　　一朵云，特别是一朵白云，是那么美好、悠闲自得、悠然自在，让人心旷神怡。一朵云的动向，总是跟风紧紧联系在一起，风动云动，风走云走；一朵云的形状，总是变幻莫测、姿态万千。爱玩水的小时候，躺在河滩上看云，看云上上下下翻卷，看云无穷无尽、变幻莫测，该生出多少奔腾雀跃的想象啊！

　　一朵花，有心和她对视，有心同她心语，便生出种种美好的、不可言说的畅想和情愫。而一旦放眼千朵万朵，思绪便注定要在春天蔓延，心境便注定要陷入这尘世间最美好的聚会里。在这花朵的意蕴里，我分明看见一朵朵笑意飞上了眼角眉梢，又分明看见一朵朵秋光以累累果实悬挂于枝头。

活泼的生命，长长短短的生命，在岁月河道里，溅起一朵又一朵美丽的浪花。一朵浪花，是一个跳动的音符，一丛浪花，是一组激昂的旋律。这浪花里，有晶莹的泪水、咸涩的汗水，有哭泣也有欢笑。生命的浪花，每一朵都独一无二，每一朵都让人沉醉。

朵是生机盎然的意象，是一个季节竖起的耳朵，它倾听着一波又一波的声浪，或是冰河解冻，或是春潮涌动，或是春雨霏霏，或是远处传来的隆隆雷声，或是苍茫大地苏醒带出来的声响……朵，是浪漫的，是富有诗意的，是教人浮想联翩的。

杜甫寻花，看到的是"千朵万朵压枝低"；杜牧遇蔷薇，读出了"朵朵精神叶叶柔"；皮日休深夜寂寂走入莲花池，满脑是"莲朵含风动玉杯"；雍陶咏莲，更有"露湿红芳双朵重"之妙句；方干恋花，迟步缓行间，发出"含风欲绽中心朵"的感叹；牛希济眼里，两个情意绵绵的人，是"两朵隔墙花，早晚成连理"；而白居易眼里的盐商妇，因为生活优裕，拥有"两朵红腮花欲绽"的仪态，也就理所当然了……朵，一旦融入诗行，便有了千姿百态、千娇百媚的韵味。

由朵我想到了躲，小时候，总以为白云后面一定躲着什么，或者浩渺的星空深处也一定躲着什么，总有解不开的神秘感缠绕于心。因为躲的诱惑，几个小伙伴没事就相约"寻躲"，也就是

"寻"和"躲"，往往是一人"寻"，多人"躲"，当然也有一个人见证，否则会出现耍赖的可能。可以说，"寻躲"，是儿时最喜欢的、无须付出成本的、互动性极强的一项游戏。

　　朵，可以听，无须躲，一朵一朵打开，一朵一朵会聚，汹涌如潮的朵、气象万千的朵，注定，是大自然赋予生命的最有诗意最浪漫的抚慰。

云水乡愁

云是飘浮的，水是流动的，云会化作雨水，水会变成流云，云和水其实是一种物质的不同形态，你中有我，我中有你，云水就是一种至情至性的境界。云由水汽凝结成许多细小的水滴或冰晶而聚成，江河湖海的水面，以及土壤和动植物的水分，随时蒸发到空中变成水汽。进入大气后的水汽，或成云致雨，或凝露结霜，而后返回地面，渗入土壤或流入江河湖海。周而复始，循环不已。由于光的反射、折射、衍射，云和水变幻莫测。云在天上，或堆积，或飘散，姿态万千、色彩纷呈；水在地下，随方即方，随圆即圆，以深浅，应情景，色泽斑斓。

云和水的变换、婉转、柔美，以及无处不在，足以让人联想到离情别绪，进而演绎一生一世的乡愁。乡愁浓重时，似黑云，它化作雨水倾泻下来，有了起伏的模样、汹涌的态势；乡愁亮丽时，似红云，它让人抱有热望，抱有遐想，让人千里万里也望得见青山绿水；乡愁飘忽时，它又似悠然的白云，牵引着遥远而柔情万种的思绪，让人沉浸在诗意弥漫的意蕴里。

云水乡愁落在诗行里，有了雨水的色泽，有了阳光的味道，有了草木的清香，有了岁月婉转的姿容。云水乡愁是一壶搁在心中的酒，历久弥香，滋味绵厚悠长；云水乡愁又是一条山重水复的路，走出千里万里，依然牵肠挂肚。在云水处流连，总有一抹乡愁升起。四面八方涌来的清新的色泽，山野的气息，阳光的温婉，流云的浪漫，透朗的天空和碧色的湖水，总教人想起老家的山水田畴、白云蓝天、炊烟斜阳、芭蕉庭院。这样的时候，找一块山石，安静地坐下来，抑或找一处草地，舒坦地躺下来，呼吸着氤氲青草香的空气，聆听着远远近近的流水淙淙潺潺，风清日朗、花伴人闲、简单适意，该是一种多么难得的享受啊。这何尝不是卢梭于《瓦尔登湖》中描写的那样简单而富足的状态。事实上，所有内在的富足，总是来自简单易得的生活。

云水乡愁，注定云漫水绕，绕不开余光中，绕不开席慕蓉……绕不开许许多多有乡愁情结的人。在他们眼里心里，乡愁是一弯海峡，乡愁是一片草场，乡愁是一棵不会老去的没有年轮的树，是一道蛰伏在心头的永远的风景，它更是一种味道，浓浓淡淡、魂牵梦萦……而在我眼里，乡愁就是一片云一汪水，随心而在，随情而至，永远在我的心头悠游流动。

流光似水，乡愁如云。情感的根，在儿时的记忆中已然存在，在岁月变迁中已然定格。人生所有的漂泊，就算如云似水，推波涌浪，最终还是无法逃离让心灵回归的乡愁情结。

苍凉而温暖的阳光

阑尾切除手术后的第三天，主治医生对我说，能行走的话，就尽量下床多走动一下，这样可以避免肠子粘连，以免留下后遗症。

为了不留后患，妻子遵照医嘱，每天定时扶我下床，然后一手高举着输液瓶，一手搀扶着我，在住院部六楼长长的走廊里，尽可能地多走几个来回。

两天后，我可以不要妻子搀扶了。每天输完液，便下床独自在长廊里来回走动。长廊两端都开有窗户，每次走到长廊尽头，我总要静静地站上一会儿，看看窗外鲜活生动的世界。那些时日，天气一直晴和，时值深秋，阳光虽然有些苍凉，但阳光下的一切，依然让人感觉透亮、清朗、洁净、温暖。错落有致的楼群、色泽斑斓的树木、来来往往的车流、或忙碌或闲散的行人，让人觉得，生活，原本是那样和谐饱满、美丽多姿。

按着伤口负着痛，在长廊内行走，我发现，整个楼层的病房里，竟满满的都是病人，男的女的老的少的。其中，有几位因车祸住进病房的病人，前两天，整晚整晚，我听见他们高一声低一声痛苦地叫唤，那种痛，是可想而知的。现在，我看见他们身上缠满了纱带，躺在床上，有着前所未有的平静。看来，这世界，苍凉总是存在的，痛和苦不是哪一个人的专利，它总是那么随时随意地，无法预知地，出现在任何一个人的身上。

　　有一次，我站在长廊尽头的窗前，看见一个五六岁的小男孩儿，在窗外低层楼房的平台上放风筝，他妈妈陪在一边。从他的穿着看得出，他是一个白血病患者。他在秋高气爽的天气里认真地放着风筝，在还算宽敞的平台上快乐地跳跃着，奔跑着，苍白的脸上，绽放着纯净而欢快的笑。一阵风过，风筝飘到了我眼前，挂在窗前树梢头。小男孩儿拽着手中的绳线，望着树梢头的风筝，眼神中透出了几许无奈。我找来一根木棍，伸手为他将风筝捅了下去，他望着我，友善地笑了笑。而后，他的目光又盯着风筝，在他妈妈的帮助下，风筝又一次在他的手中向更高更远处飘去了。那一刻，阳光照射在他扬起的苍白的脸上，我分明看见，阳光温暖的颜色中，竟有一丝丝苍凉。

　　离开窗台，想着阳光下的男孩儿，有一种无法言说的伤感。默然走在长廊中，忽听得有人叫我的名字，是我的一位熟人，他是某监狱管教干部，寒暄之间，知道他是来探视病人的。他探视的病人不是他的亲友，而是一位刚刚因病在这儿住下的犯人。他说，这是他的工作，昨天晚上就陪在这儿，一整夜没合眼。说这些的时候，他语调平静。他平静的语调，在我看来，是人道的注解，是温情的流溢，是阳光的另一种存在。

世事茫茫，起起落落，温暖中带着苍凉，苍凉中寓着温暖。生而为人，有谁，能逃过世间温暖而苍凉的氛围？一如世间万物，怎离得开苍凉、温暖却又生机勃勃的阳光？

天黑了，心亮着

　　春香，还在舌尖徘徊，春愁，还在心头徜徉，夏天，说来就来了。

　　日长夜短的夏天，白天大多是亮堂堂的，虽然也会有淋漓来袭，也会有潮湿加身，但是，更多的时候，是带有炽热和焦灼的华丽，让人生的忧伤以流汗的方式滴落。在夏日，那些奋力穿越千年万年又离散了的阳光，拼命许下的，难道就是身前身后的寂寥和怅惘？

　　夏夜来得晚。虽说是来得晚，却是异常快，说黑就黑了。在夏夜的黑寂里，许多不眠不休的思绪，河流般流淌，许多激情，又怎会轻易为黑寂包裹收藏？无论一个人，还是一群人，一旦心绪融入了夏夜的氛围，便有了清晰的去向和来路。这注定是星光满天的季节，注定是枝繁叶茂的季节，那些尽心尽情播种的人，又何必殚精竭虑，为变幻莫测的未来和前景神伤？

夏夜，星光是如此灿烂，所有黏湿而繁冗的睡眠，也随之构架起一个个活力四射的梦幻世界。辽阔的星空，总是一不经心，就让一些醒着或睡去的人，有了一丝憧憬，有了一丝翘盼，有了一丝期待，那分明是源于生命的，可以拔节、可以生长的人生故事啊，在情感的星河中，恣意流转，浪漫依洄，如歌荡漾。

古希腊哲学家苏格拉底说，人懂得的东西越多，就会发现自己不知道的事情越多。正因为这样，我们总是借助黑寂，掩饰自己，躲在梦与季节的深处，听花与黑夜唱尽梦魇，唱尽繁华，唱断所有记忆的来路。世间的一切，总是被时光冲刷着。岁月无声，一缕缕星光照过来，让我们看见了自己的卑微，也让我们学会努力地释放自己的光泽。天边偶尔划过的流星，掠过茫茫时空，淡定安然地陨落之时，又该照彻多少人的心扉？

凡俗生活中，一个找不到生命方向的人，多半是因自己的心空失去了光亮。要走出黑寂，必须适应在黑寂中体悟和摸索，学会由心灵引路，让心灵歌唱。茫茫宇宙中，我们的苦难再多，也装不满地球，对于这个世界轮回流转的黑寂和光亮，我们要心存感念。就算是天黑了，只要我们的心灵亮着，一样可以在秋天收获喜悦、收获快乐。

大千世界，需要有一些为生命歌唱的人。当别人唱着的时候，他在唱；当别人不再唱的时候，他还在唱。别人唱着的时候，听不出他唱得如何绝妙；当别人不再唱了，才发现，他的声息是如此清新敞亮、内敛安详。他心中的光亮，无论白天黑夜，一直都在，几乎无时无刻不在每个人的心中流淌。

任世事变幻、岁月沧桑，人类的心灵世界，最终还是由自己主宰。生而为人，只要心中有烛，心头有光，就会找到爱和美的方向。这，正是生活的法则。你哭，它也哭；你笑，它便笑。你心中有光亮，它绝无可能让你找不到生命的出口。

灵魂里住着天鹅

　　在微信朋友圈看过一段视频：一位九十岁高龄坐在轮椅上的芭蕾舞演员，当听到采访人放出《天鹅湖》这支舞曲时，她那垂下的无力的双手慢慢地举过了头顶，做了一连串芭蕾舞舞蹈动作，直到无力再举起时，她才舒了一口气，完完全全停了下来。这样的时候，她的眼角眉梢透露出对过往岁月的美好怀想，也透露出春华秋实般的温情暖意。

　　是的，这位芭蕾舞演员，身体已然搁在轮椅上了，可她的灵魂里却住着美丽的动态十足的天鹅，只要有一个触点，这只天鹅就会振翅而出，在天鹅湖中跳起曼妙美好的天鹅舞。那振翅而出的正是她身体中的另一个自己，时刻准备着要放弃这尘世的皮囊，去跳在灵魂里蛰居已久的舞蹈。

　　那该是怎样的舞蹈？极尽完美——优雅，高贵，灵秀，美丽。那是对生命的一种诠释，是内在激情的一种释放，是力与美的喷涌勃发，是沉睡灵魂的乍然苏醒。那是在一片雪亮的灯光里，和着曼妙的音乐风一样旋转的舞蹈，圆融，忘我，恣肆，自在，美丽入肌，幸福蚀骨。那是灵与肉、渴与求、收与放最完满的姿态，冲破了尘世间一切的束缚，完完全全得到了释放，回归了安宁。

　　一个人的灵魂是否洁净，是否美好，取决于灵魂里住着什么。可以住着一缕风，可以住着一片云，可以住着一只鸟……抑或干脆住着一个人。风，可以让灵魂飞翔；云，可以让灵魂轻盈洁白；一只鸟，可以叫醒灵魂，让它不再沉睡；而一个人，可以让另一个人无论何时何地，心中都满满当当地装着向往、渴望、幸福、美好、安宁。

　　那个人，是另一个自己，一个完美的自己，一个有疼痛可以消除、有伤痕可以抚平、有愿望可以实现、有快乐可以分享的自己。

　　是的，我一直在寻找那个自己，我不怕为此耗费一生的光阴。我知道，人生充满变数，是一场未知的旅行。于我而言，在我的旅途上，我要找的，绝非短暂地让我逗留的风景，而是另一个可以像风景一样走进我灵魂中的自己。他有一颗执着的心，他有敏锐的感知力，他足以让我同他一起，幸福地分享人生旅程中的点点滴滴。那另一个自己，让我深爱和眷恋，让我随时随地都可以看到尘世之间有草木生辉，有白云出岫，有彩霞满目……他让我住在他的灵魂里，他也住进了我的灵魂里。

　　我想，一个执着向好的人，就算灵魂里没有住着天鹅，就算他的生活中缺少天鹅，他的灵魂深处也一定会住着源于凡俗烟火间的醇酒甘露、美玉沉香。

静看水中景

　　四季轮回，无论春夏秋冬，无论风吹叶落，只要是晴和的日子，大凡有水域的地方，就是极好的值得移步的去处。

　　信步走在水边或在水边伫立沉思，看水中天色湛蓝，看水中云卷云舒，看水中日影轻挪，枯涩的心境会在刹那间变得淋漓、澄澈、明亮、灵动。我想，这该是"智者乐水"的缘由，也是"智者乐水"的妙处吧。

　　择有桥的地方前往，将自己置身于一方水域的场景中，在桥上漫步或扶着桥栏看岸上的风景、水中的风景，看着或流动或微波或平静的水面，呈现得最多的，还是倒映于水中的或湛蓝或云絮卷卷的天空，还有天空中那轮明晃晃的永不凋零的太阳。

　　大多时候，天空的云絮，有洁白如洗的，有稍带着一分淡淡墨色的，当然，也有含笑飞红的。水中的太阳常常在姿态万千的云絮的烘托下，在水光的浸润里，隐匿了悬于天穹的、与生俱来的阳刚和热力，变得明媚而柔和。水中呈现的天空、云朵、太阳，同鲜活的水草一道构架起一个美妙绝伦的虚幻世界，让凡俗之人，瞬间就滋生出跃身其中、沐于其间的冲动。

天空，也有空明无尘的时候，这样的时候，最易教人想起的，是具有山高水长风范的范仲淹先生笔下的《岳阳楼记》中的两句："上下天光，一碧万顷。"是的，悬于头顶的万顷天空，蓝光滢滢，在水底显得更为明亮澄澈，蓝得令人心醉。古人之所以有"闲云潭影日悠悠，物换星移几度秋"的心思，我想，大概是因为空明无尘的日子，总是教人怀想，教人眷恋，教人不舍吧。

水中的太阳如清澈的灯盏，虽然它的光亮源于天上的太阳，却足以为水面着色，为波光增辉。看水中的太阳，你可以一直无忧无恼地保有内心的微笑；而面对天上的太阳，时间久了，心头难免会生出沧桑之感。

水中的太阳是与水结了缘的，没有水的存在，就无所谓水中的太阳。有了水，哪怕是一潭水、一捧水、一滴水，也会有太阳骄傲的影子。有了水，就看得见湖光山色、倒影轻澜。有了阳光，植物会繁茂，万物会生长。这样的时候，"半亩方塘一鉴开，天光云影共徘徊"所展现的情致，也就历历如在眼前了。

水中的太阳是柔和又美丽的，甚至是有些清凉的，它不像天上的太阳那么刺眼，那么让人不敢正视。水中的太阳，它的柔和，它的淡泊宁静，让人有了亲近感。但它是一种虚幻的现实存在，它注定会不可捉摸地出现在我们每个人的生命中。现实与虚幻，在世间，都会存在。只是，现实的美丽常常让人不敢仰视，而虚幻的美丽往往容易让人接纳。

不乏有这样的时候，风掠过，云影凌乱，水中蓝天有了褶皱，水中太阳也面目模糊。对于有心探看水中太阳的人来说，这无异于有心堆积木的孩子，一不经意，积木倒了，积木本身不会受伤，受伤的，是心中的一种美好的寄予和牵念。

好在，水最终成就的，还是太阳的另一种美，它将现实融于虚幻，使炙热变得温暖、平和、美丽、清凉。

静看水中景，比如太阳，我们会感受到更多的可以平静接纳的美好。

第五辑
开在心空的花瓣

生活，拥有许许多多开在心空的花瓣，有了四季更替，有了美丽的愿望和怀想，这些花瓣又怎能没有各不相同的情态？

有一颗感受欣赏之心

同事穿了件T恤衫，有人说是绿色，有人说是蓝色。其中有一人肯定地说是蓝色，还为此提出打赌，只是这一提法无人响应，因为这件衣服不同于草的绿色，也不同于天的蓝色。是绿色还是蓝色，确乎无从界定。不同的人，看到的颜色是不同的。后来有人折中了一下，说是蓝绿色，才打消了他的执念。

蓝绿色，介于绿色和蓝色之间，是电磁波的可视光部分中的中波长部分，颜色接近矿物蓝绿玉。它堪称"宇宙的神秘之色"，纯度较高，明度较低，给人稳定、清醒的感觉，不张扬也不失风度，具有慷慨、爽朗、恢宏的视觉魅力。因为它是蓝色和绿色的混合色，所以具有清新和成熟双重属性。较浅的蓝绿色代表甜美的特质，较深的蓝绿色于甜美中透出成熟。无论深浅，蓝绿色都有令人平和、恬静的功效。

说到蓝色和绿色，我们很容易想到的是树绿天蓝。而本身无颜色的水，在不同的情形下呈现的颜色是不相同的。比如大海常常看起来是蓝色的，而湖泊常常看起来是绿色的。

人，大抵都喜欢缤纷的色泽。而在缤纷的色彩中，蓝和绿是最容易让人接纳的颜色。水常常由绿而蓝，由蓝而绿，并因此被称为碧水，所以，蓝绿色就是水的象征。水，总是随方亦方，随圆亦圆，姿态万千，魅力无穷的。水，能载舟，亦能覆舟，具有哲学层面上的意味。所以，在某种意义上，蓝绿色堪称一种风情万种、风味十足的颜色，也是一种哲学的颜色。它足以让人抚摸过往，滋长由心而生的复古感。

如果在日常生活的衣着搭配上，将蓝绿色同紫色、淡粉色组合，能体现出一种温柔的气质。鲜艳的蓝绿色和粉色搭配，营造出干净、复古的感觉。黑、白搭配蓝绿色，则诠释了奢华但精简的装饰艺术风格。蓝绿色加上灰色或者银色以及古铜色和浅棕色，似具有美国西南部的印第安风情。橘色和黄色配上蓝绿色，则显得非常别致且动感十足。

颜色也足以透视人心，喜欢蓝绿色的人高雅脱俗，彬彬有礼，温柔多情，善解人意，处事圆满，能够了解朋友的心事，充满生机，活力四射，爱心无限，能够迅速从磨砺与挫折中振作起来，艰难险阻往往奈何不了他们。这样的人，喜欢寂静和沉默，就算偶尔旁观热闹也不会参与进去；这样的人，极具烂漫性情，很容易和孩子们打成一片。

蓝色还是绿色，分不分得清，是因人而异的。苏格拉底说，人生的意义在于自我超越，从而得到永恒。所以，一件衣服，颜色是蓝还是绿，并没有多么重要。重要的是，要真心喜欢，要发自内心地接纳认同，要在面对不同的色泽时，有一颗去发现去感受去欣赏的心。唯此，一个浴于凡俗烟火之人，才会拥有坦然安详、平和笃实、快乐幸福的心境。

小坚持，大欢喜

　　生活中，确实有值得努力去做去追求的大事，但更多的是小事。做不了大事又疏于做小事的人，总是因眼高手低而一事无成。事实上，小事做多了，做久了，一不经意就可能经营出令人瞩目的成就，这也是常有的事。所谓涓涓细流能汇成江河，说的就是这样一个寻常不过的道理。

　　"绳锯木断，水滴石穿"，言的是"以柔克刚"。但这里面更重要的一点，是说一件事再小再不起眼，只要坚持去做，就一定会有收获，有时甚至有意想不到的大收获。这就要求我们"简单的事情重复做，重复的事情坚持做"。

　　在许多以文相聚的场合，我都阐述过这样一个观念：人，要有一股韧劲，要有坚持之心。许多事，做一两次并不难，难的是不懈不怠，长期坚持。坚持了，就可能成功在望。池莉在一篇文章中说，一生的时间并不多，一生的精力也不多，坚持做好一件事，也就够了。

是的，一个人一生可做的事情很多，但有很多聪明人一辈子，到最后也没有做好一件事。在有生之年这也做做，那也试试，不过也就为了讨个多才多艺的说法而已。事实上，人生无须面面俱到，以专注之心，以坚持之心做好一件事，自会有引人刮目相看的时候。

于我而言，我一直坚持写一些小文章，也就是别人眼里的"豆腐块"，我为此坚持了三十多年。这之前，我坚持每天记日记，每天以诗歌、随笔、小品文的方式记上一两页纸。正是这一两页纸，积少成多，几年后，竟积下了厚厚的一摞。也正是这些不起眼的记录，为我日后写一些随性小文章打下了坚实的基础。

我开始写稿、投稿的时候，也有过懈怠，但最终还是在一位朋友的调侃之后坚持下来了。有几年，迫于生活的压力，我一天不落地要求自己一定要写点儿什么，或诗歌，或小小说，或散文，或随笔，或杂文……反正不教一日闲过。

一晃多年过去了，我的电脑文档里竟罗列着自己创作的三百余篇诗文，同时我在全国各地报刊发表了大量的"豆腐块"文章，获大大小小的奖项几十项。在此基础上，我通过出版社出版了个人作品专集十几部、合集多部，并先后由市作协会员成为省作协会员、《读者》等刊签约作家、湖北省文联优秀文艺人才，直至在2018年加入我梦想中的中国作家协会。这一切，都是日复一日、不懈不怠坚持写小文章的缘故。

每天一小步，人生一大步。一开始看来微不足道的举动，只要日日坚持，最后会产生不可小视的分量。面对问题、感受痛苦的时候，从小处着眼，积极应对，不懈坚持，才是解决问题的最好方式。

现实生活中，很多事情并没有想象中的那么难，但有许多人就是做不好，原因何在？就是因为没有坚持之心，没有目标，没有计划，没有行动，不能持之以恒。所以，一个人若能坚持平生所爱，做自己擅长、爱做的事，迟早会有所成就。

一城桂花香

在我儿时的记忆中，月光色的桂花是与月亮有关的，还常常可以见到打桂花的场景。

20世纪六七十年代，每年八月十五，总是在晚饭后，一家人搬了板凳坐在院子里，纳凉，赏月，闲聊。那光景，月色如水，灯影如豆，树影婆娑，秋虫呢喃。

有姣好的月色，隔壁兰婶是必定要来的。儿子参军去了，难得回来探望她一回。她独自一人，免不了屋子清冷。

说是赏月，其实不然。只要天气还暖和，只要晚上有月亮，一家人都是这样习惯地坐在院子里的。那时候，没有电灯，屋子里黑黑的，即使点上灯，屋子里还是黑影幢幢。搬了板凳坐到院子里，省了灯油，也摆脱了屋子里那种黑寂。看银色的月光穿过树隙，泻到地上；或是望着珍珠般的月盘穿过浅浅、淡淡的云丝，在深深的夜天里缓缓游动。那种闲适，那种惬意，是永远也享受不够的。此时此刻，便可一门心思陶醉于那夜的安谧中，而无须去面对生活的劳顿与艰涩了。

院子里，有两棵桂花树，老，却枝叶茂盛。那时候，听老人们讲月宫的故事，便常在心里咒吴刚是呆子，为什么总想把一棵好端端的桂花树砍倒。不明白的是，吴刚每天不间断地砍，树却始终不往下倒。后来，见过一幅《嫦娥奔月图》：只见嫦娥衣带轻飘，奔向空中丰盈的满月。圆月中，亭台楼榭，花树碧水，煞是迷人。却不见抢板斧的吴刚，便想是吴刚窥见美貌的嫦娥后，自惭形秽，藏起来了。

月宫自是不存在的，儿时的眼睛却常常巴望有桂花自月亮里飘落。然而，这是怎么也望不来的。于是，总在心中默默期盼着院子里的桂花浓浓开放后打桂花的那一天。

那一天终于来了，一家人像过节日似的忙里忙外。兰婶每年这个时候总要过来做帮手。先把晒垫、旧被单等东西铺在树下，而后每人拿了一根长长的竹竿向花朵密集的地方伸过去，接着轻轻摇动。便有新鲜的、散发着沁人心扉的香甜的桂花一瓣一瓣地落下来。那时的欢欣自不必说，那时的快乐自不必说，只是人太小，便只好拿一根小小的竹竿在下边快乐地鼓捣。

这时候，父亲总对我说："走开走开，打下来的净是树叶呢。"我便极不情愿地放下竿子，望他们打。我知道，父亲是怕来年桂花开得不盛。记得他说过："桂花树叶是要让它自然凋落的，若打桂花时叶子掉得太多，来年就很难飘起满树的花香了。"

打桂花自然不能总站在地上，树很高，上面的花却很密。此时，就看哥哥的本事了。哥哥爬树像猫一样利索，三两下便爬到了树的上部。兰婶便在下面把竹竿递上去，并嘱咐："小心点儿打。"哥哥应了，骑在或者站在树杈上，逐片逐片地捣过去。这时，若是起风，桂花便飘起来，飘得满脸满头都是。桂花树颤颤的，每个人的心也颤颤的，花香再烈，这个时候断然是无心去玩味的了。

有一些花是打不下来的，兰婶说："那是花魂，有了它们，是不愁来年花开的。"于是那些花就留着，点缀在绿如翡翠的树叶间。

打完花，去掉叶子，便可装进箩筐里，挑往镇上土特产收购站去卖。那笔收入，抑或添些油盐，抑或攒起来给我们来年交学费。以后的日子，在外求学，只能时常在异乡的土地上怀念它。1983年，哥哥和我都大学毕业顺利参加了工作，便更少回家了。

再后来，父亲有家书说，家里做了亮堂的房子，老屋易了新人，那两棵桂树让给隔壁兰婶了。兰婶自儿子复员后，屋子里不再清冷，如今有了孙子，加上添置了各式各样的影音设备，便也热闹起来。每年桂花飘香的时候，树上的花照样开得浓浓的，却再也不见打桂花的一幕了。

恋旧的父亲，在新居前的公路旁移栽了两棵桂树。翌年秋天，我回到家中，见桂花开得满树都是，一鼻子香，便问父亲："花还打吗？"父亲微笑着，说："如今的日子，没那个必要了，让它留着吧，特香呢！"

开在心空的花瓣

　　街道的飘带自远方飘来，向远方飘去，飘来了很多情节，飘走了很多故事。城市，因街心花园的点缀，益发亮丽俊俏，益发生机盎然，益发鲜活宜人。人流、车流自昨天涌来，向明天奔去，交织出曼妙的风景，流泻出多姿的韵律。

　　街心花坛，属于昨天，属于今天，属于明天。在这里，牵来绕去的总是爱情、友情、亲情、乡情。那是一个温暖的怀抱，给人的感觉永远亮丽、温馨、和谐。微雨的时候，你是恋人们的圣地，三五柄花伞飘过来，别有一番情调。你的世界，飘洒着幸福，流淌着甜蜜。你是家园的守望者，是情感的缔结带，在城市最热烈、最奔放、最敏感的部位，胸饰般，醒目而灿烂。

　　没有小桥流水，没有落英缤纷，心有向往的人，容不得"落花流水春去也"的感叹。也许生命中会有围墙林立，有围墙鸟依然可以飞进来，可以歇在树梢头软语哝哝。生活，流动着青春和爱的颜色，流动着笑语和琅琅书声，那些桃花绽放的脸庞，反照出希望与信念滋润的心境。

缤纷斑斓的夏季，绿叶茂密，柳枝轻盈，飘忽着富于变化的色泽。一棵树、一个侧影、一本书，便构成一幅精美的图景。独步园林小径，你会觉得，空阔的草坪昭示着别致的优雅，那茸茸绿草间一两枝闲花也是一种意境。

秋，总是不易察觉地款款而至。几滴秋雨，以婉约的姿态打湿略显单薄的衣衫，几片黄叶，徐徐飘落于温热的土地。秋天的园林在秋水映照中显得旷达、安谧。拍遍所有的栏杆，便有和着心音的秋声，丰硕、美丽、动人地传来。秋，便书本一样被一双双探寻的眼睛倾情翻阅，秋之悲欢、秋之得失，隐隐显现在一张张渴求的脸上，然后被他们饱蘸心墨，浓情写下一则则秋思、一篇篇秋色。

冷风掠过，冬便来了。什么都可以枯萎，心却不。

雪，潇洒而来，悄声而去。它自由自在地飘落，覆盖着熟悉的山川原野，覆盖着梦里梦外的故乡田园。这时节，坐在母亲燃起的火塘边，静听雪水融入土层的声音，就会如期想起那句"瑞雪兆丰年"的农谚。轻舞飞扬的雪，晶莹剔透的雪，缠绵浪漫的雪，飘逸温柔的雪啊！油绿的青苗，金黄的稻浪，年复一年，在你的浓情里骄傲地伸延。

这样的雪夜，总有冰凌花款款开放，和着喜字一起开放在窗格子里，它把北国森林缩成一张小小的玻璃画了。谁能想到呢？凛冽的北风在偷窥美丽的新娘后，便将丝丝缕缕、点点滴滴的情愫浓缩在一张画中了。披着红盖头的新娘，被婚纱簇拥着的新娘，在喜庆氛围里羞羞答答的新娘啊！有了你，冬日的冰凌花，才不慵不怠、热热闹闹地透露出新春的娇媚和美丽。

长长的冰凌、飘飞的雪花，可以点缀的，是生活；可以开启的，是想象。就算置身冬天，人生的步履依然从容，世间的沧桑，终归会被温情脉脉的人生感念融化。一张张温馨的电子贺卡，穿越岁月的经纬，带着人们对生活的梦想和挚爱，将不变的期待，揉进了美丽莹洁的冰凌花。

生活，拥有许许多多开在心空的花瓣，有了四季更替，有了美丽的愿望和怀想，这些花瓣又怎能没有各不相同的情态？

风吹岁月老

　　路过菜市场，见摊子上摆了很多葱绿的菖蒲和碧翠的艾蒿，蓦然间想起，明天就是端午节了。心头倏地就涌起一股青青的味、涩涩的味。刹那间，缕缕乡情亲情弥漫开来，情绪就被一种叫思念的感情绾住了。

　　20世纪六七十年代的乡下，每逢端午，家家户户都有在门前插菖蒲挂艾蒿的习惯。从小，我的身体就不太好，多病多灾的。正因为这样，总是在端午节的头一天，不管阴晴风雨，母亲都会弄一束菖蒲和一束艾蒿回来。早早地将它们插在门楣上。在母亲心中，插菖蒲挂艾蒿可以祛鬼禳邪，祈求平安。当然，世上没什么神鬼，但毋庸置疑，菖蒲和艾蒿所散发的香气确能驱逐蚊虫、祛瘟镇痛，有利于生命健康。母亲固然不清楚这一点，但她为自己的亲人祈福的心境却芳香毕现。

　　记得有一年端午节的前一天，有人给父亲捎来口信，让他去接一项小工程，并说活儿很苦，但多少可以赚点儿钱，只是时间长一点儿，要一两个月。为了生计，父亲毫不犹豫，立马就答应了。并嘱咐母亲为他打点行囊。那天，母亲为替父亲准备干粮，忙了整整一天。天黑后，为了明天的行程，父亲早早就歇着了。母亲在油灯前忙了一会儿针线，也吹灯睡了。可是在黑暗中，我分明听见母亲在床上辗转反侧。

第二天天亮，父亲背上了行囊。可母亲却不见了。我走出房门，看见母亲背着一捆葱翠碧绿的菖蒲艾蒿正急急地往家赶。那一刻，我的视野里，母亲成了乡村原野上一个移动的惊叹号。有些吃惊的父亲，放下肩头的行囊急急向母亲迎去。父亲出发了，门楣上飘着菖蒲和艾蒿的清香。母亲，还有我们兄弟几个，站在菖蒲和艾蒿的清香里，为远去的父亲默默祝福。

这个端午，像往常一样，我中午下班的时候买了一束菖蒲和一束艾蒿回家，在青葱碧翠的遐想和缠绵逼人的清怡之香里，虔诚地将这两样带着乡野气息的草本植物挂上了门楣。坐在书房里，我的想象世界竟旗帜般飘满了菖蒲和艾蒿。我醒过神来的时候，给老家打了个电话，得知就近的小妹回家去了，她轻描淡写地告诉我，母亲的身体状况不太好。我知道，这个时候，空气潮湿，天气沉闷，她上了年岁的身体已难以扛得住这些异常的变化了。我无法马上回家，只好在心中挂上菖蒲和艾蒿，默默地为她祈祷，嘱她心无旁骛，一心治疗。

一扇窗的故乡

穿越梦境，睁开眼睛的刹那，我所看见的是一扇窗，那是一扇故乡的窗，一扇生机盎然的窗，一扇烙印般留在心空的窗。

窗外的风景，以及与风景相呼应的风土人情，是我极为熟悉的。那一道画幅般的山梁，横过我的视野，在风雨阴晴里，流过四季的色彩，滋润着我的想象。植被的主色调从春天出发，一路延伸而来，注解着奇妙的生命篇章。时常，我会在心中打开一个取景框，有心将它们入诗入画入影入脑。在我的感觉和认知里，这一道山梁，分明是悬挂在我生命穹空的一道电光啊。这道电光闪过，让我闪眼之间，便看到了世界的美丽和沧桑。

山脚下的田畴，阡陌纵横；星罗棋布的村庄，鳞次栉比。还有炊烟晨雾、蜂飞蝶舞、虫吟蛙唱、鸡鸣狗吠、羊咩牛哞……为这扇窗平添了许多乡土特有的生活气息。徐徐清风里，庄稼一浪一浪地涌来，又一浪一浪地涌去。一湾河流穿过村庄，绿色便益发葱茏，益发饱满，益发厚重，益发透亮。它们潜入每个人的心房，一不经意，便教人拥有了滴翠的思绪、金色的畅想。

最欢快的是鸟，最有活力的还是鸟，它们是乡村最美妙的音符，弹奏出最具魅力的乡土旋律。有时候它们鸣叫着在空中箭簇般飞翔，有时候它们在庄稼地里呢喃啁啾，有时候它们在树丛中嬉戏蹦跳。它们的灵动，它们的快乐，何尝不是属于故乡的灵性和欢乐？

最是"燕雀归田园，春雨润故乡"的时节，推开朴实的窗扉，遥望着远处的风景，沐浴着心灵的阳光，由心而生的，总是别样的欢畅；伸开双手，便有一朵一朵、一缕一缕的清风，从指尖流过，那如真似幻的轻柔感觉，谁说不是属于人生的诗意和梦想？

一扇窗的故乡，总引领我踏上爱的阶梯，望见一轮故乡的明月，游走在那个人的梦乡。那皎洁的、静静的月光，带着思念的气息，在伊人的脸颊上，安详而幸福地流淌。那是我心中的一扇窗，那个人住在一开窗便能望见的地方。她的存在，就是故乡的存在；她的顾盼，让我欢喜，让我满足，让我胸怀美好，也让我心生惆怅，溢满忧伤。

推开那扇窗，能看见的地方，是世界上最美的地方，那是爱的所在，也是心的天堂。一个人就是一扇窗，一扇窗的故乡，住着生命中永远的奇迹，不老的守望。

一扇窗的故乡，花开过，叶落过，风吹过，雨淋过，雪飘过，霜染过。开心时，所看到的一切都是鲜活、自在、美好的；

纠结时，所看到的一切都是沉重、滞涩、郁闷的。一扇窗的故乡，与心境有关，我们的喜怒哀乐牵系着故乡，我们的成败去留修饰着故乡。一扇窗的故乡，有风雨飘摇，也有潮起潮落。但无论如何，一扇窗的故乡，无论是晦涩还是明艳，永远磐石般，执拗地，坐落在思乡游子冷暖自知却不离不弃的心房。

远去的父亲

　　生而为人，都有自己的父亲，但不是每个男人都可以成为真正的父亲的。

　　窗外的雨，绵绵延延地下着，那声息，若有若无；远处的山，在黛色中静默，在迷蒙中遥远。父亲安息在另外一个世界，安息在他的山水田园中，再也无法醒来。

　　他走的那天晚上，也就是2015年12月20日傍晚，他曾住过的一家医院给我打来了回访电话，询问父亲的情况。我说还好啊，我刚才给他打了电话，从电话里听得出，他的精神头儿蛮不错的。但我不知道，这是父亲生命中燃起的最后一道有力度的光亮。那道光亮照过来，让我心头咯噔兴奋了一下，但很快便熄灭了。父亲终究没有熬过下半夜，看来，有心回访的这家医院，是事先有所预知的。

　　父亲的离去，算不上噩耗，我们兄弟几人共同的看法是，于他来说，这是一种解脱。他从病痛中走出来了，他不是走了，而是享福去了。父亲走了，按照他生前的意愿，我们兄弟几人将他的后事当成"白喜事"来办，以慰他的在天之灵。

只是，办完父亲的后事，回到自己的小家天地里，我顿生一种无以言说的失落感。父亲再也不会打来电话了，再也听不见他的叮咛了，再也听不见他流水账般的娓娓叙述和爽朗笑声了，再也不能有烦忧就对父亲倾诉了，再也不能围坐在父亲身边聊天、看电视了……父亲在时，我一直是有父亲的儿子；父亲不在了，我变成了失去了父亲的父亲。"悼亡灵此去匆匆撒却世间尘，念慈父平生谆谆教导犹在耳。"我想起了我小时候因为夜盲症在学校上晚自习后父亲每天按时接我回家的旧事，想起了在我初参加工作生病时父亲到我就教的学校为我生炭火照顾我的情形，想起了父亲在我遭遇生活坎坷时一次次亲笔给我写来的每一封书信……这一刻，我似乎更确切地明白了父亲的含义所在。这一刻的感觉，也让我有了一番入脑入心的顿悟：原来，有牵挂，有惦念，有想头，本就是一种不可多得的人生幸福啊！

在他那个时代，父亲算是粗通文墨之人。但在我的记忆中，要强的父亲是背负过许多苦难的。他的一生，分明是一个不断地与命运抗争，不断地同生活搏斗的过程。可以肯定地说，他平凡却丰富的人生，是我惨淡的笔力所不能企及的。

有着勤劳俭朴秉性的父亲，是个闲不住的人。总记得小时候，不管是农忙还是农闲，父亲总是很早就起床，为生计忙活，也为我们兄弟几个能上学读书而奔波劳顿。父亲生性耿直，耿直的性情让他在人生路上一而再地跌倒又爬起。但父亲又是坚韧的，他从来不会向命低头，而是不懈不怠地同命抗争。他曾说："一个人若是低了头，就意味着没有希望了。"病中的父亲，就算在最后的日子里，也总是试图努力地将头颅昂起。

父亲极有悟性，他的一些想法很有见地，很受人重视。我们上学的时候，他告诫我们的三句话是"一身体，二学习，三团结"；我们参加工作后，他告诫我们的三句话是"一身体，二工作，三团结"。他说的话简短朴实好记，也很管用。父亲临终前几天还说过："不求今世荣和贵，但愿儿孙个个贤。"父亲的坦荡由此可见一斑。

父亲是慈爱的，又是严厉的，因只读过几年私塾，他一辈子套在体力活儿里，却以执着的、无声的爱，竭尽所能送我们上学读书，为我们兄弟几个铺垫出一条阳光之路，他的爱厚重如山、深邃如海，他的精神力量完完全全融入了我们的血液之中。

"生如春花灿烂，逝如秋叶静美"，父亲走了，走得宁静、沉默、安详。冬雨稀声，流云无语，撒却世间尘埃的父亲，风风雨雨一辈子的父亲，收敛了生命中最后的光亮，再也不需要为世事劳神费力了。他带走了自己孱弱的肉体，也在我们心中刻下了久远的记忆和念想。

我的感觉中，父亲以血性、阳刚、智慧、果敢、勤俭、坚忍为底蕴，将伟大的父爱，传承在代代相融的情感流向里。

藏在心头的暖

　　从学术报告厅走出来，外面下着绵绵春雨。一把伞伸过来，一句话传过来："来，共一共！"就这一个动作、一句话，牵动了我的记忆，撑开了我的思绪……

　　我想，在世界上，无论是谁，都会存有一些温暖的记忆。这种伴随一生的温暖记忆，会时时在生命中凸显出来，让人心头一热，一如置身于阳春。正是这些潜在而温暖的记忆，最终，让自己也成了一个可以温暖他人的人。

　　一直记得十五岁那年，高中毕业前我遭遇的两件事。

　　第一件事，是临近高考的某一天，我的教材、笔记本以及所有的学习资料和用具，一夜之间不知去向。校长亲自主持大会发动全校师生四处寻找，最后，在教室后面的稻田里，找到了纸页残存的一堆灰烬。那个时候，我学习的支柱坍塌了，只有着急、无奈的份儿。事情发生后，管图书的邓老师把我叫进学校图书室，一边轻言细语地安慰我，一边不厌其烦地在众多书架中忙碌穿梭，一本一本地替我找图书，找资料。虽然属于我的珍贵的笔记本没有了，书本上所有的记录也不存在了，但有了这些书籍和资料，我还是于当年考上了一所高校，虽然不尽如人意，但在1980年已算是相当不错的了。

第二件事，是学校组织照毕业登记照，可我家里太穷，穷得连照登记照的钱都无法拿出来。校长恰好在一旁，看见我神色不安的样子，问明缘由后，说了声："不急，不急。"立马从口袋里掏出钱包，为我缴了四毛钱。

有些事，虽然不可逆转，但有些情，有些记忆，却让我们无法忘怀，任凭风刀霜剑侵袭，也无法从生命中剥离。它让人在遭遇再大的挫折时，依然抱有希望；在面临寒潮坚冰时，也胸怀温暖。它让人学会了宽容，学会了关爱，学会了给予，学会了感念……

这是存留在我记忆中的两个温暖的画面，当时让我感激，现在依然能毫无悬念地触动我的心弦，让我感慨万千。

花落花开，斗转星移。多少年过去了，在我遇到不快时，这两件搁置在我心头的事情，总会适时地提醒我：人性之中，永远有光亮闪烁，永远不乏善良、美好、温暖的人生涟漪。

没有脾气的蔬菜

　　虽然说，蔬菜有蔬菜的格调，蔬菜有蔬菜的心机，蔬菜有蔬菜的脾气。或如卷心菜，层次迭起；或似莲藕，心眼儿多多；或如大蒜，合抱成团；或似辣椒，热烈火辣……但母亲一生就像没有脾气的白菜，清清白白，从从容容，平平淡淡。

　　如果说农作物是农村的象征，那么蔬菜就是田园生活的缩影。蔬菜令人返璞归真，令人想到花香叶绿、虫吟鸟语、拙朴宁静。我每次回乡下老家，最爱去的地方就是母亲的菜园。最是夏天，菜园里的蔬菜，各自葱茏着，葳蕤着。豆角秧黄瓜秧热闹地爬满了架，玉米一节节地拔高，豌豆被风一吹，便开满了紫蓝色小花，满院子浓郁、碧翠、芬芳、活泛，将生命的蛩音演绎得丰实浪漫。

　　母亲菜园里的土壤黏润肥沃，秧叶苗壮、郁郁葱葱，满目殷实，在夏季风中擎起秋天丰硕的梦。一人高的围墙上爬满了扁豆的藤蔓，酱紫荡漾，偶尔也有几株顽皮的牵牛花，吹着紫色的喇叭，探出墙头。园子里，一架一架的豆角，一架一架的黄瓜，一畦一畦的茄子，一垄一垄的辣椒，错落有致；更有那伏地而生的番薯、花生，间有几株玉米、葵菊，应有尽有，教人目不暇接，心生感叹。

　　母亲的菜园是属于母亲的生命寄托，是母爱的翻版。我儿时的记忆中，母亲常常是很早就起床，摘一篮子带着露水的蔬菜回家，然后在锅碗瓢盆的奏鸣曲中，备下饭菜。母亲熟悉蔬菜一如熟悉自己，那时候，母亲总是充分利用闲田闲地，种出许多合时令的蔬菜来，或改善一大家人的生活，或送一些给左邻右舍，或卖掉一些，以应燃眉之急，解不时之需。站在母亲的菜园中，瞅一瞅，吸一吸，听一听，想一想，实在是一种难以言说的享受。在这片园子里，所有鲜活的成长和蔓延，都用自己的方式表达着对这个世界的热爱。母亲呢，总是日复一日，年复一年，不辞辛劳地在这方天地里侍弄着这些世间的植物、心中的精灵。

　　在我居住的城市，我每次随妻子走进菜市，站在菜摊前，就会想起母亲的菜园，想起老迈的母亲，想起母亲在菜园子里侍弄蔬菜的身影，想起母亲一生善意待人、平静为人的种种情形。我深知，母亲的菜园种植的不仅仅是蔬菜，更是她一生不懈怠、不放弃、平淡、执着、深刻的感情。

　　时至今日，母亲的菜园依然沐于日光月光之中，或蓊郁自在，如翡如翠，像唐朝的诗，如宋时的词，一阕阕，意蕴丰满；或峥嵘有序，安寂祥和，亦梦亦幻，婀娜有态，成为常驻心中的清新风景，慰藉生命的温暖一脉。

关门与开窗

　　读杨绛先生的短文《一百岁感言》，总是爱不释手。她说："上苍不会让所有幸福集中到某个人身上，得到爱情未必拥有金钱，拥有金钱未必得到快乐，得到快乐未必拥有健康，拥有健康未必一切都会如愿以偿。保持知足常乐的心态，才是淬炼心智、净化心灵的最佳途径……人生最曼妙的风景，是内心的淡定与从容。"

　　跨越百岁，置身人生边缘的杨绛先生，短短的几句话，便道破了得与失的生命玄机，点明了知足常乐、淡定从容，才是最值得珍视的人生状态。

　　杨绛的文字看似平平淡淡，无阴无晴，却是平淡而不贫乏，阴晴隐于其中，她那经过漂洗的苦心经营的朴素中，有着本色的绚烂华丽，干净明晰的语言拥有丰富的表现力。其文字韵致淡雅，别具一格。当她用润泽之笔描写不堪回首的往事时，依然拥有不枝不蔓的冷静，远比声泪俱下的控诉更具张力而发人深省。

她的文字，明净中有些清冷，却渗入了诙谐幽默的特质，平添了不可忽视的灵动之气。就算是静穆严肃的语言，也颇具生机，安静而不古板，活泼而不浮动，静中有动，动中置静。她的沉静诙谐，有沉着老到、雍容优雅的气派；其锋芒内敛后的不动声色，拥有静穆超然的中和之美。

　　比如关门、开窗，在日常生活中，这是再熟悉不过的动作。但是，这些熟悉动作里蕴藏的玄机，不是每个人都悟得出来的。人生的得失，事业也好，爱情也罢，其实就寓于这些日常的简单的动作之中。关门与开窗，左右着生活的进退，左右心中的希望，左右着世事的变化。没有人能预期生命世界每天会发生什么，事物背后到底隐藏着什么。人生很多时候，必须走过从门到窗的距离，这样一段距离，也许超乎想象地艰难，但只要走过去了，你就可以见到蓝天白云下潮落潮起的生机。

　　杨绛是个自由思想者，一生却惯于忍让，她关上了还击之门，却打开了另一扇窗户，那就是内心的自由和平静。她曾说："你骂我，我一笑置之。你打我，我决不还手。若你拿了刀子要杀我，我会说：'你我有什么深仇大恨，要为我当杀人犯呢？我哪里碍了你的道儿呢？'所以含忍是保自己的盔甲，抵御侵犯的盾牌。我穿了'隐身衣'，别人看不见我，我却看得见别人，我甘心当个'零'，人家不把我当个东西，我正好可以把看不起我的人看个透。这样，我就可以追求自由，张扬个性。所以我说，含忍和自由是辩证的统一。含忍是为了自由，要求自由得要学会含忍。"

人生在世，无非是认识自己，磨炼自己。一个人，能否得到快乐，能否取得成功，关键在于知道什么是自己想要的，知道什么是不可逆转的，知道以什么方式实现梦想，知道以什么心情面对苦难。关门开窗之间，窗外风云变幻，窗内四季分明，禅坐的心境，依然清新美丽。

　　树上的叶子，叶叶不同。花开花落，草木枯荣，日日不同。世间的幸福和完美都是相对的，身前身后，总少不了无法逃离的痛苦和残缺。做人如此，为文何尝不是如此？有生之年，拼搏挣扎，总期盼得到他人的认可，只有到了生命的尽头，才知道心灵文字构架的世界，永远属于自己，与世俗功利毫无关系。

城中一扇窗

　　这是城市写字楼一扇普通的玻璃窗，塑钢边框，有防盗窗栏，窗口规格平常大小，光线和空气从这儿进入室内，给人舒适和温暖。

　　这扇窗和众多的窗户毗邻，窗口外面，是一半圆形的宽敞平台，平台边缘有坚实的弧形护栏，护栏上面一溜儿排开，飘扬着十多面彩旗，中间是鲜红而庄严的国旗，高高耸立，动情飘荡。弧形护栏给人的感觉，像一卷老电影胶片，一格一格的，以蒙太奇镜头，记录和凸显着这座城市的影像。立足于窗前，可以慢镜头阅读这座城市，可以通过诸多风格不一的城市建筑，生发敞亮而丰实的想象。

　　一座城市该有多少楼群，该有多少扇这样的窗户啊！这些窗户，数，是数不过来的。而窗口背后又有多少理性或感性的眼睛在审视或阅读着这座城市，又有多少属于这座城市的故事在窗内外演绎，还有多少人在思考感悟着这座城市不倦不怠的走向？

通过一扇窗，可以看看外面的风光。当然，窗户更多的作用，是营造一个相对独立的环境，挡风避雨，遮阳隔音，让人不轻易受到外界因素的侵扰。无论是平开窗、推拉窗、百叶窗，都可以调节空气和阳光，遮挡灰尘和蚊虫。同时，一扇窗也是符合心灵需要的绝好装饰。

一座城市，一座城市的窗内，无论是白天还是夜晚，也许隐藏着许多寂寞和孤独，隐藏着许多爱恨情仇，隐藏着许多可资咀嚼的故事。但此刻，站在这扇窗口，我所能感觉到的是：窗内水墨氤氲，窗外气象万千；窗内有思想者的谋篇布局，窗外有智者般的接纳和包容；窗内在寻求论证，窗外有风雨兼程。

透过这扇窗，我看到的是一座有山有水的城市，美丽，曼妙，多彩，多姿；是一湾文化底蕴深厚的去处，景观遍布，人文浩荡，灵气盈溢，香气弥漫；是一座现代化园林城市，绿地花坛、平潭河流、清凌山色爽心宜人。这是一座簇新的城市啊，童话般，演绎着成长与发展的进程。

一座城市拥有许许多多的窗口，有有形的窗口，也有无形的窗口，有开放的窗口，也有紧闭的窗口。这些窗口，映照出一座城市的发展环境。这样的环境，或者落在人们的心上，或者一不经意，就落在了人们的心灵之外。

一座城市本身，就是一个社会、一个时代发展的窗口。它以绰约的姿容，让属于这儿的幸福指数不断地攀升上扬。它不着痕迹地，点亮了树绿天蓝，点亮了这方土地上人们内心深处自然而然散发的幸福色彩。

这不是一座古城，多少年前，它只是一座小镇，它变化成现在这个样子，该有多少人为之付出努力啊！而若干年以后，它又是什么样子？不得而知。我想，它的气韵一定还在，它的传承一定还在，它的精神内核一定还在。正是这些存在，凸显着城市之窗恒久的魅力。

城中一扇窗，窗含一座城，城中住着那些幸福的人。

匠心自沉静中来

　　这个伟大的时代，是一个重提"工匠精神"的时代。真正的工匠精神绝非简单循规蹈矩，传承工艺，精工细描；而在于具匠心，能超越，矢志不渝地专注创新。让事物的每一个环节、每一道工序、每一个细节，融入拥有巧思妙构的匠心之中，让旁人领略到别出心裁、独树一帜的意味。

　　"匠心"者，就是用心经营，多一些独特的艺术构思的人。"匠心独运"，就是要独创性地运用精巧的心思。人类的活动都是在一定的感性认知、理性认识下进行的，认识若得以升华，就有了灵魂和思想，就有了更多的可能。可以说，精湛的工艺传承，莫不是赋予了灵魂和思想，莫不是匠心独运而成的。

　　精湛工艺的面世，是需要沉下心来造就的。关于沉静，《大学》有言："知止而后有定，定而后能静，静而后能安，安而后能虑，虑而后能得。"沉静之心，如鲜花无语芬芳，如大地无言厚实，如天空静寂高远，如大海波澜壮阔……沉静后面常常是梦想抵达的胜景。

沉静像河水，总是悄无声息地流着，但它在沉静中滋养着大地，才有了绿草、鲜花，以及欣欣向荣的树木。做人何尝不是如此？要做一个有力量的人，必须先放弃那些表面的浮华，沉下身心以更多的时间去充实自己的内心。

以沉静著称的高铁工匠李万君，他在工作之余，总是静静地看书。他说一天不看书，睡觉就不踏实。在他看来，只有获取广泛的知识，一个人才有创造力、创新性可言。于是一有闲暇，他就沉下心来研究焊接技术，终于得以牢牢掌握一手焊接绝活儿。在转向架构架的焊接工作中，他总是屏住呼吸，全神贯注，甚至不随便眨眼。为什么？因为构架焊接只允许修补一次，否则只能报废。这一焊接操作，目前，在世界范围内机械手无法替代，而他总能做到一次成功，因之被誉为"高铁焊接大师"。可以说，他的人生，是在沉静的背景下走向辉煌的。

有一个我们都熟知的伟大女性，她就是居里夫人。她的无与伦比的成就，就得益于内在的沉静。无论外面的世界如何丰富多彩，她都能夜以继日安静地待在单调的实验室里埋头工作。纵使已成为世界公认的科学大师，她依旧不为盛名所累，就算是从诺贝尔奖颁奖台上走下来，她也当是参加了一个报告会。会完了，一切如常。在她心里，实验室里还有很多未完成的工作。这位"科学美人"，就这样一直甘于沉浸在默默的科学探索之中。因为她看透了生命的意义，才会摒弃不必要的烦琐，以执着的沉静，在纷扰复杂的茫茫尘世找到自己的最佳定位。

沉静的人，都能遵从自己的内心，安静地做自己想做该做的事情，不会被外界左右。沉静，使人拥有更为宽阔的胸怀，更加强大的生命力。

每个人都是一个孤独的个体。你所有的感受只有你自己能够体会，而且这一生的路，没有谁可以陪你从头走到尾。

这样深刻的领悟，唯有在真切的沉静中才悟得出来。

茶在沸水中沉静，方可茶香四溢；酒在岁月中沉静，方可醇香怡人；梅在冰雪中沉静，方可梅香满园……守得住沉静，耐得住寂寞，最终赢得的，往往是成功的春风和生机。

"每临大事有静气，不信今时无古贤""夫君子之行，静以养身，俭以养德。非淡泊无以明志，非宁静无以致远……"匠心自沉静中来，美好来源于沉静，强大根植于沉静。沉静之境，恰似静水流深，内敛含蓄，无声无息，却注定活力盈溢……

阳台上的树

阳台上的树，在我买来的时候，绿得透亮，绿得达观，绿得喜人。卖家说它叫绿宝，又名幸福树。

我将它栽在家中最大、最深的一个白瓷花盆里，在楼下空地挖来细软的沙土，一捧一捧地，将花盆填得满满的，而后浇上水。看着这棵在阳台上安顿下来的树，我有一种由心而生的欣悦。那天，为安置这棵树，我竟忙出了一身久违的汗水，对一个长期从事文字工作的人来说，这确乎是一份不菲的收获。

以后的日子，只要一有闲暇，我就拿着铲子、剪刀或水壶，为它除草、松土、修剪、浇水，当然，也会顾及阳台上其他的小花小草。

那一树的绿，着实惹人喜爱。没有阳光的时候，它绿得宁静，醉人；有阳光的时候，它的叶片沐浴在阳光之中，益发闪亮，明艳。在我看来，阳台上的这棵树，是我栽养的植物中，十足的"大胃先生",只要有充足的水和阳光,它就会生机盎然。

夜色中,尤其在月色下,它宛然就是一个盛装的妙人,不多的,是一对一对双生的、倒垂的、喇叭状的花,在月色映照下情人般躲在密匝匝的绿叶间,没完没了地窃窃私语。每次因胃部不适起床,我都要来到阳台上,拉开阳台顶灯看上一看,悟一会儿事,发一阵呆,而后离开。

每天早上起床后,我雷打不动地要走上阳台,那是一种对所喜所爱的钟情,一种生命的牵挂。只要看到它舒枝展叶,绿油油、水汪汪,挺拔而有朝气地站在那儿,就会有一种愉悦和满足在心头荡漾。

每年春天,它都要发新芽,长新枝。它一点一滴的变化,我都了然于胸。只是,阳台空间有限,它或旁逸斜出或向上生长的枝丫,我只能拣那细小的适时地剪掉,留着粗实的让它生长,如此一来,整棵树一直保持疏密有致的状态。剪掉了的,来年又会长出新枝。

有一回,同一园林爱好者谈起阳台上的养树心得,他说,旁枝可以修一下,顶上的枝剪不得,否则会影响风水,有碍主人的前程。对于这种迷信的说法,我自然不会认同。

一晃,几年过去了,这棵树给我的生活带来了许多亮色和欢乐。但在去年冬天,这棵树的叶子出现了棕褐色的斑点,这种明显的病态慢慢地扩展到整片叶子。一开始,我以为是水量不够的缘故,每天都不忘为它浇水。但属于它的叶片终究还是一片接一片枯萎下去。于是,我索性剪掉它所有的枝叶,想着为它保留养分，让它没有负担地休养生息。

然而，今年春天，其他的小花小草都长出了新叶新芽，却再也没有看见这棵树的动静。我试探着打开它的根部树干，发现它的身体黯然枯竭，生机尽失，已然是无力回天了。

我悟了，是树，是一棵可以不断向上生长的树，终究有属于它的天地，终究不宜在逼仄的阳台上存活，生长。最后，它还是要归于自然，它的灵魂，终究适宜在大自然的怀抱里徜徉，招展，飘荡。

打给母亲的电话

　　每一个有关父亲母亲的重要日子，若无法及时回老家，我就会给眷恋乡土的父母打个问候电话。平日，只要父亲在家，都是父亲接电话，母亲是很少接电话的。但感觉得到，这样的时候，母亲总在一旁侧耳倾听，有时还会插上一两句话，大多是关爱问候之类的话语。只有父亲出门办事不在家时，寡言的母亲才会挪步过来接听电话。

　　母亲年过花甲而父亲也年逾古稀之时，他们的五个儿女无一例外地在异地他乡独自生活了。如此一来，在劳顿之余，他们只能固守在无尽的寂寞和孤独里，活在对儿女永无穷尽的牵挂和惦念之中。事实上，天下父母，又有谁不期望儿女与他们有更多的联系呢？

　　更为糟糕的是，母亲在一个雨天出门，不小心在滑湿的地上摔了一跤，股骨骨折，不得不做了换骨手术。住院的那些时日，我们也只能抽身回家轮流守候在母亲身旁。

　　出院后，母亲一直躺在床上，偶尔下地，也得拄着拐杖，还得有父亲扶着，才能忍痛走上几步。为了早日康复，母亲每天坚持让父亲扶着到屋外场地上走走。身在他乡的我们，回家的次数有限，父亲的劳累和母亲的痛苦，自然只能放在心头，搁置在想象之中了。

　　这些时日，我们隔三岔五就会往老家打电话，电话全是父亲接听。母亲呢，自然不能在一旁侧耳倾听了。她或是躺在床上，或是远远地坐在一边。但她总能通过父亲的话语判断出是谁打来的电话，甚至能从父亲接听电话时的神态，判断出身在异乡的我们所具有的喜怒哀乐。当然，电话之中，我们有心传达给他们的，永远是平静的生活和祝福的话语。

　　终于，母亲能拄着拐杖，无须父亲的搀扶独自走路了。闲不住的父亲，爱管闲事的父亲，又忙起了邻里琐事。有一回，我打电话回家，好长一段时间，才听到母亲的声音。我知道，父亲出门办事去了，母亲是拄着拐杖慢慢走过来接电话的。母亲拿起话筒，知道是我之后，脱口而出的一句话便是："你吃了吗？"多少年过去了，母亲在电话中一直沿用着这样的问候，她以她的质朴，永不更改地关心着儿女的温饱。那一次，我笑着说："还没吃呢。"母亲便显得格外紧张，说："别饿坏了身子啊！"然后便催促我，说："快去吃，快去吃，要吃好吃饱。"我问母亲："你的腿怎么样了？"母亲说："好了，好了，能走路了呢，千万不要担心。"我知道，母亲是怕我担心的。在她看来，她有一群天各一方、远在他乡的孩子，只有她才是有担心的理由的。

　　电话里，母亲朴实的言语，充盈着永不止歇的关爱之情。电话里的母亲，让我读懂了母爱的含义，让我明白了什么叫舐犊之情、骨肉之爱。事实上，人的一生，只要母亲在，亲情的滋润就在。母爱，是温暖和幸福的代名词，拥有母爱，就算是到了鬓如霜、发如雪的年龄，生命中每一天，也会拥有春光般的明媚和灿烂。